TETRALOGÍA IONE IV
«RESURRECCIÓN»

MARIO ESCOBAR

GRUPO NELSON
Una división de Thomas Nelson Publishers
Desde 1798

NASHVILLE   DALLAS   MÉXICO DF.   RÍO DE JANEIRO

A los que creen en un futuro de esperanza,

más allá de esta vida.

La historia de Tes y sus amigos termina aquí, pero

continúa en nuestros corazones.

«Siempre imaginé que el Paraíso sería algún tipo de biblioteca».

JORGE LUIS BORGES

«[Dios] no concede los milagros para que se cumplan nuestros propósitos, sino los suyos. Empiezo a sospechar que la oración... consiste en poner un pie delante del otro. Seguir moviéndose a pesar de todo. Los hombres pueden elegir: quizá no si se puede resistir, pero siempre, cómo se puede resistir...».

LOS CUERVOS DE ZANGER, LOIS MCMASTER BUJOLD

«Ni el más sabio conoce el fin de todos los caminos».

J. R. R. TOLKIEN

PRÓLOGO

LAS HISTORIAS DEBERÍAN COMENZAR POR su final. La vida tiende siempre a dejar demasiadas cosas en suspenso, como si la estuviera escribiendo un escritor novato, y por eso es tan difícil narrar las cosas con cierta coherencia. Mientras navegaba por el océano Pacífico rumbo al sur, pensé que lo mejor era narrar todo lo que me había sucedido desde mi salida de Ione, aunque por otro lado me parecía una empresa inútil. ¿Quién leería mis palabras? ¿Acaso dentro de diez años o cien años habría seres humanos sobre este planeta? Y si los hay, ¿sabrán al menos leer? El mundo ha cambiado mucho desde la Gran Peste. Ahora los humanos somos una minoría acosada por los gruñidores. Nuestras bases están siendo destruidas y el remedio que parecía combatir la Peste no es definitivo. Ahora nos toca otra vez luchar para sobrevivir.

Todo no es terrible en este nuevo mundo. La naturaleza recupera su antiguo esplendor. Los bosques se extienden por todas partes, aunque algunos animales sí se han visto afectados por la Peste y ahora son más agresivos y peligrosos.

Mi hermano Mike crece a pasos agigantados y Susi está más guapa cada día, pero la vida en un viejo portaviones en mitad de la nada no es fácil para ninguno de nosotros. Tenemos temor a acercarnos a la costa. Algunos han pedido que nos dirijamos a Hawai, pero el alto mando ha dictaminado que intentaremos pasar al océano Atlántico e intentar llegar a las bases que todavía están activas en el este.

Desconozco cuánto me queda de vida, pero esta es mi última oportunidad para no morir o convertirme en gruñidor. En unos días llegaremos a Panamá; si no logramos cruzar por el Canal, no creo que resistamos mucho más.

PARTE 1:
MÉXICO

Capítulo I

SIN RECURSOS

NAVEGAR ERA MONÓTONO, PERO EN los últimos tiempos extrañaba un poco de monotonía. En esos meses nuestra vida había sido una carrera constante por sobrevivir. Los días a bordo eran largos y muy parecidos. Nos levantaban temprano, desayunábamos algo ligero y entrenábamos hasta media mañana. Después nos daban un almuerzo algo más contundente y nos mandaban a realizar labores de mantenimiento en el portaviones. Susi, Mike y yo estábamos en el mismo batallón y yo continuaba siendo capitán, aunque eso no me deparara muchos privilegios.

Los oficiales manteníamos una reunión diaria con los generales. En el barco había unas ochocientas personas, pero estaba preparado para una tripulación de quinientas. Las instalaciones estaban obsoletas y había que repararlas constantemente. En la huida de San Diego habíamos logrado salvar cuatro helicópteros y tres cazas, pero no teníamos mucho combustible. El justo para que el portaviones llegara a las costas de Miami.

La situación con la comida y el agua era más preocupante. Calculábamos que el viaje por el Canal hasta regresar a Estados Unidos sería al menos de diez días, pero nos quedaban provisiones para seis. El alto mando nos informó que estábamos frente a las costas de Puerto Vallarta, en México. No sabíamos cuál era la situación del país tras la Gran Peste, pero imaginábamos que estarían al menos tan mal como nosotros.

El jefe del alto mando, Alfred MacGreen, estaba buscando un grupo de voluntarios que localizara combustible, agua potable y alimentos en la ciudad de Puerto Vallarta, antes de que fuera demasiado tarde.

—Atracaremos 24 horas frente a la ciudad. Ese será el tiempo del que disponen para regresar con la información. Podrán ir en helicóptero hasta el objetivo y regresar. El combustible del aparato no les dará para que se alejen más; si se quedan sin gasóleo, tendrán que regresar por sus medios. ¿Lo han entendido? —dijo el jefe del alto mando.

—Sí, señor —se escuchó al unísono.

—¿Algún voluntario? —preguntó el jefe del alto mando.

Nadie parecía dispuesto a quedarse en mitad de México sin transporte ni provisiones. Dudé por unos instantes, pero al final levanté la mano. El jefe del alto mando me miró sorprendido, después frunció el ceño y dijo al resto de los oficiales:

—¿No les da vergüenza? Este muchacho está dispuesto a hacer lo que ustedes no se atreven. ¿Dónde han quedado su patriotismo y valor?

Un silencio incómodo invadió la sala. Después, el jefe del alto mando se giró hacia mí.

—Podrá elegir a sus hombres. Saldrá mañana al amanecer. Que Dios le bendiga, hijo.

Cuando salimos de la sala, todos me miraban con desconfianza. Hay momentos en que la cobardía de los demás es igual de grande que su odio a la valentía. Yo no me consideraba un héroe, pero sabía que morir luchando era mejor que morir rindiéndose.

Salí a la cubierta principal y vi a mi hermano y a Susi que disfrutaban de su descanso tomando un poco de sol.

—¿Qué tal ha ido la reunión? —preguntó Susi después de darme un beso.

—Bien y mal. Nuestras provisiones se agotan, pero van a mandar a un grupo para que inspeccione la costa y nos informe sobre reservas de agua, comida y combustible —les expliqué.

—Eso está muy bien —dijo Mike.

—La mala noticia es que me he ofrecido de voluntario —dije, mientras intentaba con un gesto bromista que mis amigos no se lo tomaran a mal.

—Estupendo. Nos vendrá bien un poco de acción —dijo Mike.

Esperaba, en parte, ese comentario de mi hermano. De lo que no estaba tan seguro era de la reacción de Susi. Ella me miró algo seria, como si estuviera intentando encajar la idea, después me pasó los brazos por detrás del cuello y dijo:

—Yo iré donde tú vayas.

—Había pensado que tú te quedaras aquí. Tu vida se ha puesto en peligro suficientes veces —dije intentando suavizar el tono de mi voz.

—¿Qué? ¿Piensas que seré un estorbo en la misión? No te preocupes por mí, sé cuidarme solita —contestó Susi con el ceño fruncido.

—No es por eso, simplemente no quiero que te pongas en peligro —intenté explicarme.

—Iré con ustedes. No se hable más —dijo Susi. Después se marchó a toda prisa, como si no quisiera que viéramos sus lágrimas.

—Hermanito, creo que te has pasado —dijo Mike. Él también se puso en pie y se marchó.

A veces creía que era un castigo ser el mayor. No entendían que lo único que pretendía era evitarles sufrimientos, pero imagino que a veces tenemos que dejar que los demás maduren y tomen sus propias decisiones. Me acerqué al borde de la cubierta y observé la fina línea del horizonte. Un pedazo de tierra, casi imperceptible, se podía observar a lo lejos. Allí seguía el terrible mundo real, esperando a que regresáramos para terminar definitivamente con nosotros.

MÉXICO LINDO

MIENTRAS SOBREVOLÁBAMOS LA BAHÍA DE las Banderas frente a Puerto Vallarta, mis ojos se quedaron fascinados ante tanta belleza. Alta California era muy bonita, pero estaba sobrexplotada; en cambio, la hermosa costa mexicana parecía una perla aun sin pulir. El color del océano parecía más cristalino cuando el helicóptero comenzó a descender en dirección al aeropuerto.

—Mejor sube otra vez —le dije al piloto—. Tenemos que echar primero un vistazo por aire a toda la ciudad.

—Tenemos poco combustible —se quejó el piloto.

—Es igual, no podemos recorrer la ciudad entera buscando comida y agua. Será mejor localizar los posibles lugares de abastecimiento desde el aire —insistí.

Desde el cielo divisamos un gran centro comercial cerca del océano, allí podíamos buscar rápidamente comida y agua potable. También al sur de la ciudad había algunas fábricas, pero no encontramos ni rastro de posibles depósitos de combustible.

Aterrizamos en un lateral del aeropuerto, cerca de la terminal. Examinamos algunos de los autos; la mayoría estaba en mal estado, pero encontramos una gran camioneta Ford. Éramos seis soldados. Además de Susi, Mike y el piloto, Sam, nos acompañaban James y Henry, dos soldados profesionales que se habían animado a acompañarnos.

—Será mejor que tú te quedes en el helicóptero; si nos ponemos en contacto contigo, podrás sacarnos de cualquier apuro —le comenté a Sam.

—¿No me irán a dejar aquí solo? —preguntó Sam, nervioso.

—Es lo mejor —insistió James. Aquel soldado era enorme. Un tipo musculoso de metro noventa, era negro y a pesar de su corpulencia no tenía más de veinte años.

—Pero... —se quejó Sam.

—Es una orden —dije, mientras arrancaba el motor de la camioneta.

En cuanto salimos del aeropuerto, tomamos la autopista 200. No habíamos visto señales de vida y aquello podía significar dos cosas: una era que todos los humanos habían desaparecido o estaban escondidos; la otra era que los gruñidores no estaban tan evolucionados como más al norte y no se atrevían a salir de día. Prefería que fuera realidad la segunda.

La autopista estaba bastante despejada hasta la zona próxima a la costa. Nos costó mucho entrar en el estacionamiento del centro comercial. El lugar no era grande, pero sí muy agradable. La fachada aún conservaba su pintura original, y las grandes puertas acristaladas estaban casi intactas. Aunque lo que destacaba era cómo las plantas, y en parte los montes, estaban engullendo literalmente a la ciudad. En un par de décadas más, Puerto Vallarta sería una ciudad perdida en medio de la selva.

Nos acercamos con precaución al edificio. Subimos las escalinatas y entramos. Los grandes tragaluces iluminaban el interior sin dificultad. No necesitamos los lentes de visión nocturna; simplemente registramos las tiendas, después la gran superficie y por último los almacenes. Había algo de comida, aunque no parecía suficiente para que regresáramos al barco. Debíamos seguir buscando.

Salimos a la calle y observé de nuevo el mapa de la ciudad en la Tablet que me habían dado en el barco.

—El siguiente centro comercial está muy lejos —les comenté.

—Puede que haya trasatlánticos en el puerto —dijo Mike.

—Es buena idea. En los barcos suele haber alimentos imperecederos, combustible y agua —dijo Susi, que no me había dirigido la palabra desde la tarde anterior.

Me guardé la Tablet y nos dirigimos a pie al puerto, que se encontraba al otro lado de la avenida. En cuanto cruzamos, vimos un imponente trasatlántico fondeado justamente enfrente de nosotros.

—¿Por qué no habrán intentado llevárselo? —pregunté a mis amigos.

—No creas que es tan sencillo gobernar un mastodonte de esos —dijo James.

—Imagino que no lo será, pero con un barco de esos puedes buscar alguna isla por el mundo en la que instalarte tranquilamente —le comenté.

Cuando estuvimos al lado del barco, nos impresionó su tamaño. Desde abajo se contemplaban al menos doce o trece plantas de altura. En cuanto llegamos observé que no había escala ni pasarela. Era imposible subir a bordo.

—¿Cómo vamos a subir? —pregunté a mis compañeros.

—Tendremos que hacerlo a la antigua usanza —dijo Henry. Sus brazos menudos y su cara aniñada y pecosa no parecían guardar una gran fortaleza, pero fue el primero en lanzar una cuerda a la cubierta y lograr engancharla.

Los dos soldados ascendieron rápidamente, pero a Susi, Mike y a mí nos costó mucho llegar hasta la cubierta. Mover todo el cuerpo con las fuerzas de tus brazos es menos sencillo de lo que parece a simple vista.

Cuando llegamos arriba, observamos todo en aparente orden. Las filas de tumbonas azules, la piscina con agua limpia, todas las cristaleras intactas. No era normal que un barco abandonado, aunque fuera muy difícil acceder a él, estuviera impoluto. Unos minutos más tarde, descubrimos la razón del buen estado de aquel misterioso barco.

Capítulo III

EL BARCO MISTERIOSO

AQUEL ENORME BARCO PARECÍA INTERMINABLE. Nos dirigimos al puente de mando, esperando ver cómo se encontraba el barco y comprobar si tenía combustible. James forzó la puerta y vimos la enorme sala. Los asientos de los pilotos eran de piel y no faltaba ningún detalle. Todo estaba en perfecto estado, únicamente cubría la mesa una fina capa de polvo.

Henry se acercó al panel de mandos y miró el nivel de fuel.

—Está repleto —dijo con admiración—, parece como si lo hubieran llenado después de la Gran Peste.

—Todo esto es muy misterioso —comenté mientras observaba sorprendido los indicadores.

—Puede que sus almacenes de provisiones también estén repletos —comentó Susi.

Me quedé por unos segundos pensativo. Aquello me daba muy mala espina.

—Susi y Henry que se queden en el puente. El resto iremos a examinar qué hay en las bodegas. Si tienen provisiones suficientes, llamaremos a Sam para que regrese a la base, después llevaremos el barco hasta el portaviones y no hará falta transportar las cosas —les comenté.

—¿Quieres que ponga en funcionamiento la electricidad? —me preguntó Henry.

—Sí, por favor. Será más fácil hacer la inspección.

James, Mike y yo bajamos a las tripas del barco. Las escaleras eran muy amplias, y llegamos a un gran salón que parecía el comedor. Después fuimos a las cocinas y examinamos los almacenes. Como suponíamos, estaban repletos. Además, las cámaras frigoríficas no habían dejado de funcionar en aquellos años. Teníamos carne, verdura, pescado y todo tipo de comida congelada.

Mike y James bailaban de alegría, mientras tomaban un producto u otro de las estanterías.

—¿Qué te pasa, Tes? No me digas que no estás contento con lo que hemos encontrado —preguntó Mike muy serio.

—Sí lo estoy, pero no entiendo cómo en siete años nadie ha encontrado esta comida. Me parece demasiado raro —les dije.

—A veces las cosas simplemente suceden —dijo Mike frunciendo el ceño.

—Tiene razón Tes, puede que haya algo que se nos escapa —comentó James.

—Será mejor que subamos y le comuniquemos a Sam que vaya al portaviones para informar. Han pasado 6 horas de las 24 que nos dieron para regresar —les dije.

Regresamos al puente y comunicamos con Sam, pero no respondía.

—Qué extraño —les dije, después de intentar hablar con el piloto varias veces.

—Habrá alguna interferencia —dijo James.

—Lo intentaré directamente con el portaviones —les dije. Después de un rato, escuchamos una voz al otro lado.

—Ok, traigan el barco, pero que algunos de sus hombres localicen al piloto y la nave —dijo el oficial de radio.

No me gustaba la idea de dividirnos, pero no podíamos dejar solo a Sam.

—Mike y Susi, me acompañarán —ordené a mis amigos—. Henry, ¿crees que podrás llevar la nave hasta nuestro barco?

—Sí, señor. Lo más complicado es sacarla del puerto, pero casi todo esto está robotizado. No creo que sea muy complicado —contestó el soldado.

—Pues no hay tiempo que perder. Salimos a la busca de Sam —dije mientras tomaba mi fusil de asalto.

—Les bajaré el puente de embarque. No puedo conectarlo con el del puerto, pero será un pequeño salto de un par de metros —dijo Henry.

—¿Están seguros de que no quieren que los acompañe? —preguntó James.

—Gracias, amigo, pero no puedes dejar solo a Henry.

Salimos a la cubierta superior, y después bajamos por las escaleras hasta el puente de embarque. Quince minutos más tarde ya estábamos lanzándonos a la plataforma del puerto. Me giré, para observar cómo mis hombres recogían el puente y poco a poco comenzaban a sacar el barco de allí. Mientras el trasatlántico se alejaba, una pregunta no dejaba de retumbar en mi cabeza: ¿Por qué las cosas fáciles siempre nos parecen extremadamente sospechosas?

Capítulo IV

SAM SOS

REGRESAMOS AL ESTACIONAMIENTO DEL CENTRO comercial y nos montamos en la camioneta. No tardamos más de quince minutos en regresar al aeropuerto. Nada parecía haber cambiado de lugar, pero no encontramos a Sam. Como si se lo hubiera tragado la tierra. Miramos dentro del helicóptero, y todo estaba en orden. Sobre el asiento del conductor había un envoltorio de una chocolatina y unos lentes de sol.

—¿Estos lentes son de Sam? —pregunté a Susi. Yo sabía que ella se fijaba más en aquellas cosas.

—Sí, parecen los suyos —dijo mi amiga.

—Qué extraño que los dejara aquí con este sol —dije mirando la claridad de la tarde.

—Podríamos comenzar a buscarle en la terminal del aeropuerto —dijo Mike.

Nos dirigimos a la terminal. El edificio era pequeño y contaba con una sola planta. Dentro reinaba el típico caos de un sitio abandonado durante años y saqueado. Cristales rotos, suciedad, carritos volcados y papeles por todas partes. Registramos los locales comerciales, también la parte interior de la terminal, pero no encontramos a Sam.

—¿Hasta cuándo vamos a buscarle? —preguntó Mike.

—¿Cuánto tiempo te gustaría que empleáramos en buscarte a ti si estuvieras en su lugar? —pregunté a Mike.

—Está bien, pero no hemos comido. Se hará de noche en un par de horas y no sabemos pilotar un helicóptero —dijo Mike.

—No se peleen. Seguro que aparecerá en algún momento; se iría a buscar algo y se perdió —dijo Susi.

Regresamos al helicóptero y comimos unas barritas de cereales. No sabían a nada, pero al menos calmaban el hambre. Después comuniqué con el portaviones para explicar nuestra situación y preguntarles por la llegada del trasatlántico.

—¿Nos escuchan? Aquí el capitán Tes. No encontramos al piloto, no sabemos llevar un helicóptero. Esperamos órdenes.

—Continúen búsqueda —dijeron desde el portaviones.

—¿Ha llegado el trasatlántico? —pregunté.

—Está cerca, rumbo correcto —dijo el jefe de radio.

—Gracias, continuamos la búsqueda —les dije antes de cortar.

Apagué la radio y miré a través del cristal sucio del aparato. La luz comenzaba a disminuir y no se me ocurría dónde podía estar Sam. Entonces vi un hangar justamente enfrente.

—¿Dónde puede ir un piloto aburrido? —pregunté en voz alta.

—¿A ver aviones? —dijo Susi.

—¡Eureka! —le contesté mientras bajaba del helicóptero y me dirigía hasta el gran hangar.

Susi y Mike no tardaron en alcanzarme. Cuando llegamos a las grandes puertas, comprobamos que estaban cerradas, pero no con llave. Abrimos la primera y entramos en una sala en penumbra.

—¡Sam! —grité.

No escuchamos nada. Comenzaba a desesperarme; me giré, y con la linterna encendida miré los aviones polvorientos y medio desmontados.

—No hay nadie. Vámonos —dijo Mike.

Estábamos a punto de marcharnos cuando escuchamos un ruido. Después, una voz quebrada y asustada gritó en mitad de la oscuridad.

—¡Cuidado, están cerca!

CAPÍTULO V

GRITOS Y SUSURROS

ERA LA VOZ DE SAM, de eso no me cabía la menor duda. Tenía un tono estridente, que el miedo había vuelto casi chillón. Nos agachamos instintivamente, nos pusimos los lentes de visión nocturna y aguardamos en silencio con la esperanza de localizar de nuevo a nuestro compañero. Durante un par de minutos no escuchamos nada. Tan solo los latidos acelerados de nuestros corazones. Entonces escuchamos de nuevo el grito.

—¡Ayúdenme!

En cuanto localizamos la voz, corrimos hasta ella. Al fondo del hangar había una docena de gruñidores mirando al suelo. Nos acercamos rápidamente. Los monstruos debieron de detectarnos, porque se giraron y vinieron hacia nosotros. Mike y Susi eliminaron a dos, yo me encargué de un tercero, pero el resto continuó acercándose.

Nos protegimos detrás de una avioneta. Los gruñidores la rodearon y se dividieron en dos grupos. Disparamos a la vez y eliminamos a otros cuatro. Únicamente quedaban tres gruñidores, que escaparon hacia el fondo de la gran sala.

—Vendrán con más amigos —dije mientras corríamos hacia donde habíamos escuchado la voz.

No se veía nada en la distancia. Corrimos hacia la posición en la que habíamos visto a los gruñidores y estuvimos a punto de caernos en un foso. Miramos hacia abajo y vimos la silueta de Sam. Sin duda, se había caído mientras huía de los gruñidores y eso le había salvado la vida.

—¿Sam, estás bien? —pregunté a nuestro compañero mientras le enfocaba con mi linterna.

—Mi pierna —dijo mientras se la agarraba con las manos. Su rodilla se había salido y estaba inmovilizado en el suelo.

Sacamos a Sam del foso y le llevamos en brazos hasta el helicóptero. Cuando miramos atrás, vimos a un centenar de gruñidores corriendo hacia nosotros, mientras el sol se ponía a nuestras espaldas. Metimos a Sam en la cabina y yo me senté al lado.

—Pon este pájaro a volar —le dije mientras le ponía derecho en su asiento.

—No puedo —dijo en medio de quejidos. Su rostro ennegrecido estaba lleno de lágrimas.

—¿Cómo lo pongo en marcha? —pregunté tomando los mandos.

Sam me explicó brevemente, mientras los gruñidores comenzaban a rodearnos. Las aspas se pusieron en marcha, pero los monstruos no parecieron quedar muy impresionados.

—Levanta la palanca —dijo Sam, en medio de fuertes dolores.

Justo cuando el helicóptero comenzó a ascender, varios gruñidores trataron de abrir la puerta. Nos separamos del suelo, pero un par de ellos estaban aferrados a las barras. Tuvimos que salir del espacio aéreo del aeropuerto para que terminaran cayendo en el océano.

Tomamos rumbo al portaviones. Me sorprendió lo fácil que parecía llevar un helicóptero. Sobrevolamos el agua, y en el horizonte vimos la silueta de los dos grandes barcos. A nuestra espalda quedaba la costa de México. Parecíamos a salvo, pero cuando llegamos a la altura del portaviones, enseguida vimos que algo extraño estaba sucediendo. Nos aproximamos aun más, para comprobar que la cubierta de nuestro barco estaba repleta de gruñidores que combatían contra los soldados.

—¿Qué está pasando? —preguntó Mike asombrado.

—Ese barco era una trampa —dije mientras intentaba acercarme un poco más.

—Tenemos que regresar a tierra —dijo Susi.

—No hay combustible suficiente —dijo Sam.

—Pues no hay otra solución —comenté girando el aparato.

Mientras nos alejábamos de los dos barcos, no dejaba de lamentarme. Nosotros habíamos llevado, sin saberlo, la muerte a todos los tripulantes del portaviones. Ahora estábamos en medio de México, a cientos de kilómetros de casa y con un helicóptero sin combustible.

La costa serpenteaba enfrente de nosotros, la oscuridad comenzaba a invadirlo todo y la señal de combustible parpadeaba desesperadamente en el panel.

—Intenta aterrizar en la playa. Está más cerca —dijo Sam señalando el horizonte.

Comenzamos a descender, pero en ese momento el motor empezó a renquear, para unos segundos más tarde detenerse lentamente. Intenté gobernar el aparato, pero estábamos cayendo sin control. Aferré los mandos y pedí al cielo que nos echara una mano.

CAPÍTULO VI

LA PLAYA

EL APARATO DESCENDÍA CON RAPIDEZ, y por más que me esforzaba en enderezarlo no lograba recuperar el control. Sam tomó los mandos y logró enderezar por unos segundos el helicóptero. Aquella difícil maniobra no evitó que nos estrelláramos, pero en lugar de caer sobre los riscos, chocamos contra la arena de la playa.

Gracias a los cinturones de seguridad, ninguno salió despedido del aparato, pero eso no impidió que recibiéramos numerosas contusiones por todo el cuerpo. Cuando logramos salir del aparato y tumbarnos sobre la cálida tierra de la playa, no éramos capaces de entender la difícil situación en que nos encontrábamos. Estábamos en un país extranjero, con un hombre herido, sin alimentos y sin transporte.

—Será mejor que pasemos la noche aquí. Encendamos un fuego para calentarnos y evitar que se acerquen los gruñidores —dije mientras me ponía en pie. Al parecer, no tenía nada roto.

—¿Qué vamos a hacer? No podemos comunicarnos con ninguna de las bases y estamos a cientos de millas de casa —dijo Mike.

—Hemos salido de cosas peores; si Dios ha permitido esto, será por alguna razón —le comenté.

—Siempre Dios. ¿Qué nos ha dado Él? Perdimos a nuestros padres, nuestra infancia, después hasta nuestro hogar. Dios no nos escucha —dijo furioso mi hermano.

—Si hemos llegado hasta aquí, ha sido por su cuidado —le comenté.

—¡Pues preferiría que no se ocupara de nosotros! ¡Ahora nos ha dejado en mitad de México, sin nada y rodeados de gruñidores! —dijo Mike fuera de sí.

—Cálmense —pidió Susi.

—Está bien, ayúdame a recoger leña —le dije a Susi—, y tú, Mike, cura la herida de Sam.

Caminamos un rato por la playa. Aquella noche despejada, de luna llena, se reflejaba en el agua plateada. Era hermoso ver las estrellas y aquel cielo que parecía protegernos de alguna manera.

Susi estaba muy guapa, a pesar del cabello alborotado y el uniforme. Mi hermano no comprendía que estar vivos era, de por sí, el mayor de los regalos. A la mañana siguiente ya intentaríamos encontrar una solución, pero lo más importante era que estábamos juntos.

—Últimamente perdemos todas las batallas —dijo Susi.

—Es cierto, pero lo más importante es ganar la guerra —le comenté.

—¿Crees que la ganaremos alguna vez? —me preguntó.

—La peor de las batallas es la que tenemos que enfrentar cada día contra nosotros mismos. La Peste y todo lo demás es solo una consecuencia de nuestra propia maldad. Por eso es tan importante que cambiemos de rumbo. No podemos seguir pensando egoístamente, lamentándonos por las cosas que no tenemos o por nuestra situación personal —le dije.

Ella me miró a los ojos. Parecía inquieta, pero al mismo tiempo reconfortada. Yo en aquel momento sentía una paz que no se puede explicar, que no está basada en las circunstancias de la vida. Esa paz provenía de mi convencimiento de que había un Ser supremo que tenía el control, a pesar de que todo pareciera estar sumergido en el caos más absoluto.

Capítulo VII

BUSCANDO EL CAMINO

LO PRIMERO QUE HICIMOS AQUELLA mañana después de desayunar un poco y recoger la vieja camioneta Ford que habíamos dejado en el aeropuerto, fue conseguir un mapa de carreteras. Mi Tablet se había destruido en el helicóptero y, de todas formas, sin electricidad era imposible cargarla de nuevo. Puerto Vallarta estaba en el estado de Jalisco, en la zona oriental de México. Tendríamos que atravesar casi todo el país para regresar a Estados Unidos. El camino más corto era atravesando Guadalajara, Zacatecas, Monterrey y desde allí pasar a San Antonio en Texas. Una vez en Estados Unidos esperábamos que el camino fuera más sencillo. Atravesaríamos todo el estado de Texas, Louisiana y llegaríamos a Florida; en Jacksonville sabíamos que había otra de las bases del gobierno. En el caso de que también la hubieran destruido los gruñidores, nuestra única alternativa era viajar más al norte, hacia la ciudad de Washington.

Después de recuperar la camioneta, volvimos a los centros comerciales del día anterior y tomamos todas las provisiones que pudimos. La distancia entre ciudades era más grande en México que en nuestro país, y no sabíamos qué podríamos encontrar en el camino.

Teníamos cuatro fusiles, tres pistolas, algunas granadas, bombas antihumo y munición. Sabíamos que el principal problema podía ser el combustible; por eso vaciamos varios autos y además de llenar el depósito, cargamos en la parte trasera algunos bidones. A una velocidad media, podríamos llegar hasta Zacatecas sin ningún problema.

Mike y Sam estaban en la parte de atrás de la camioneta, y Susi descansaba a mi lado, con los pies sobre el salpicadero. El calor en esta zona era aun más fuerte que en California, por eso habíamos dejado los uniformes del ejército y nos habíamos puesto algunos pantalones cortos. El paisaje era bastante verde a medida que nos introducíamos en las interminables sierras que rodeaban la ciudad. Por lo que había visto en el mapa, el camino no iba a ser sencillo, y sospechaba que en algunos tramos la carretera estuviera destruida.

La naturaleza parecía insaciable, y poco a poco iba engullendo caminos, ciudades y todo lo que encontraba a su paso. Temía que en el camino viéramos pumas, serpientes y perros asilvestrados, que podían ser más peligrosos que el resto de los animales salvajes.

Lo que más me sorprendía era que en dos días no habíamos visto a ningún ser humano. No es que los humanos no fueran tan peligrosos como los gruñidores en algunos casos, pero también podían echarte una mano en ciertas situaciones.

Tras un día entero de camino sin incidentes, llegamos a varias pequeñas localidades que estaban seguidas en la misma carretera. En esa zona había una gran llanura con amplias zonas de cultivo. Nos sorprendió ver que los caminos dentro de las ciudades aún eran empedrados y las casas pequeñas de una planta, que se parecían a los ranchos mexicanos del sur de Estados Unidos. En el primer pueblo, los únicos seres vivos que encontramos fueron algunos burros y vacas asilvestradas, también perros y algunas gallinas. La zona parecía muy fértil; de hecho, logramos tomar algunos limones, naranjas y mangos tras esa breve pausa, pero no paramos hasta llegar al último pueblo. Después nos alejamos una hora en auto, y en una zona boscosa preparamos el campamento.

No era muy seguro dormir a la intemperie, pero al menos cenamos un poco sentados frente a un fuego y después estuvimos un rato charlando, mientras el cansancio comenzaba a invadirnos.

—El primer día ha sido muy tranquilo. Una semana más y estaremos de nuevo en casa —dijo Mike.

—Bueno, no creo que la zona de Texas sea más segura, posiblemente lo sea aun menos. Cuanto más poblada está una zona, más gruñidores hay. Será mejor que intentemos evitar las ciudades más pobladas —les comenté.

—Es difícil que evitemos las grandes ciudades. En ellas hay más alimento, combustible, armas y medicinas, pero sobre todo las carreteras principales y más directas pasan por las grandes ciudades. Además, en México las carreteras secundarias pueden encontrarse en mal estado; han pasado más de seis años desde la Peste, y las carreteras se deterioran rápidamente —dijo Susi.

Miré a Sam y comprobé que ya se había quedado dormido. Durante casi todo el viaje había estado callado o descansando. No tenía buena cara. Estaba muy pálido, y teníamos la sensación de que la herida se le estaba infectando.

—¿Cómo le ves? —pregunté a Mike.

—No sé si sobrevivirá al viaje. No tenemos antibióticos y la pierna está infectada. La he limpiado con el botiquín que salvé del helicóptero, pero es urgente que encontremos medicinas —nos explicó Mike.

—Mañana será nuestra prioridad. He visto en el mapa que el próximo pueblo es Talpa de Allende. Nos desvía un poco del camino, pero es urgente que tome antibióticos —les dije.

—He visto el mapa, y a partir de Guadalajara las carreteras son más rápidas. Espero que eso nos ayude a agilizar el viaje —dijo Mike.

—Aunque yo no soy tan optimista como tú, calculo que tardaremos quince días en cruzar el país. Eso si no perdemos la camioneta o nos quedamos sin gasolina —le dije.

Mike se levantó algo molesto. Tomó a Sam en brazos y se despidió de nosotros. Susi hizo un gesto burlón, para quitarle importancia a la actitud de mi hermano, pero no logró hacerme reír.

—¿Por qué siempre están compitiendo? —preguntó Susi.

—Me imagino que es algo que tenemos los chicos en el ADN —le contesté.

—Sé que se quieren mucho a pesar de todo lo que sucedió en Ione. Mike te traicionó, pero te aseguro que se ha arrepentido de ello muchas veces —dijo Susi pasándome la mano por la espalda.

—Lo sé. Yo le he perdonado, aunque aún no logro entenderlo. En mi caso, no me imagino traicionándole a él —le comenté.

—Hay muchas formas de traicionar a alguien. Él se sentía solo y asustado, tu decisión de irte le ponía en peligro. Piensa que tú recuerdas cómo era el mundo antes de la Peste, pero Mike siempre ha vivido en esta realidad. No creo que recuerde mucho de tus padres —me explicó Susi.

—Pero yo le he contado muchas cosas...

—No es lo mismo oírlo que vivirlo. Únicamente te pido que intentes comprenderle —dijo Susi.

Entendía la posición de mi hermano, pero también estaba cansado de tener que justificarle. ¿Acaso yo no tenía sentimientos? Apenas había cumplido dieciocho años y mis padres habían desaparecido cuando yo tenía unos diez u once años.

—Será mejor que descansemos un poco. Nos queda un largo viaje —dije a Susi. Prefería no seguir hablando del tema, aunque sabía que ella tenía razón.

Varias cosas ocupaban mi mente en aquel momento. Una de ellas era el tiempo que me haría efecto el remedio; según el doctor Sullivan, no estaba garantizado que se hubiera detenido mi conversión en gruñidor. El estado de salud de Sam también era alarmante, por no hablar de lo largo que se me estaba haciendo el camino. A veces recordaba los montes de Oregón y me preguntaba si volvería a verlos alguna vez.

CAPÍTULO VIII

MEDICINA

ME GUSTÓ VER EL EMBALSE a lo lejos. Siempre tenía la sensación de que el agua nos devolvía a la vida. Me hubiera gustado que nos instaláramos allí mismo y dejar de vagar por todas partes. Tras diecisiete años casi sin salir de Ione, en los últimos meses no había estado en ningún sitio más de una semana.

Tomamos el desvío hacia Talpa. La carretera se encontraba en buen estado y serpenteaba un río hasta una zona de cultivos. Después, en medio de una gran llanura, se encontraba el pueblo. No era muy grande, aunque las casas dispersas daban la sensación de que ocupaba muchas hectáreas. Nos dirigimos directamente al centro, esta vez sin ver ni a animales ni a personas. Sabíamos que aquello era una mala señal. Los gruñidores espantaban a las bestias. Cuando no tenían nada que comer, sacrificaban a los animales. Por eso tomamos todas las precauciones posibles.

Recorrimos varias calles antes de encontrar una pequeña botica en una plaza arbolada. Detuve el auto debajo de una sombra, y antes de bajar le dije a Mike:

—Susi y yo iremos en busca de la medicina. Ponte al volante y no apagues el motor. Esto pinta mal, y posiblemente tendremos que irnos a toda velocidad.

—Vale —me contestó Mike, que desde el día anterior no me había dirigido la palabra.

Por primera vez en todo el día miré a la parte de atrás de la camioneta. El rostro de Sam estaba completamente pálido y sudaba, como si le estuviera subiendo la fiebre.

—Creo que está peor —dijo Susi en un susurro.

Bajamos de la camioneta y caminamos despacio hasta la botica. No dejábamos de apuntar de un lado al otro, pero la realidad era que no se veía nada sospechoso, y no se escuchaba ni el canto de un pájaro. No hay peor presagio que ese tipo de tranquilidad.

Nos acercamos a la puerta de la botica; empujamos, pero estaba cerrada.

—Lo intentaremos por detrás —le dije a Susi, indicándole una puertecita que parecía dar a un callejón.

El callejón estaba algo oscuro, a pesar del sol resplandeciente que no había dejado de brillar desde nuestra llegada a México. El contraste de las sombras nos hizo parpadear, pero no vimos ni oímos nada extraño. Después observamos un patio trasero, con un par de limoneros escuchimizados, algunas cuerdas para tender y unas sillas de plástico. La puerta trasera también estaba cerrada, pero parecía menos fuerte que la otra. Le di un par de patadas y al tercer intento la echamos abajo.

El polvo de la casa invadió el aire del patio. Dentro, la oscuridad era total. Caminamos en la penumbra hasta lo que parecía el almacén. La botica estaba bien surtida, aunque algunos de los medicamentos habían caducado. Tomamos todo lo que necesitábamos y salimos al patio de nuevo.

Para nuestra sorpresa, ocultos en un viejo techado en el que se apilaba leña, había lo que parecían dos niños. No podíamos ver su cara por las sombras, pero sin duda eran niños.

—¿Están bien? —pregunté en inglés.

Los niños no respondieron. Susi dio un par de pasos y se puso en cuclillas. Cuando los niños se aproximaron, mi rostro no pudo evitar la desagradable sorpresa.

CAPÍTULO IX

PESTE TOTAL

SUSI SE ECHÓ PARA ATRÁS y estuvo a punto de perder el equilibrio. Aquellos niños tenían el rostro desfigurado y nos miraban con sus ojos desorbitados. Hice un gesto a mi amiga para que se moviera lo más despacio que pudiera. No sabíamos cuántos más podía haber. Caminamos hacia atrás por la callejuela. Los niños nos siguieron, pero sin intentar alcanzarnos. Cuando llegamos a la puerta y antes de que intentáramos correr hasta la camioneta, escuchamos un ruido a nuestra derecha y vimos el rostro de varios gruñidores que intentaban saltar la tapia.

Corrimos hacia la camioneta a toda prisa, pero sorprendentemente, casi un centenar de gruñidores la rodeaban. El rostro de Mike expresaba su total pánico a través de los cristales. Le hice un gesto para que arrancara y arremetiera a los gruñidores, pero estaba paralizado por el temor.

La multitud de gruñidores comenzó a rodearnos a nosotros. No parecían muy agresivos, pero eso tampoco nos tranquilizaba demasiado. Nos movimos lentamente hacia la camioneta; ellos nos dejaron pasar, pero cuando nos acercamos a la puerta nos cerraron el paso. Entonces escuchamos una voz a nuestra espalda que nos hizo pegar un respingo:

—No son peligrosos, por lo menos no como los que hay en las ciudades.

Nos giramos y vimos a un hombre todo vestido de blanco, con un alzacuello. Llevaba un sombrero de paja y fumaba en pipa. Sus ojos verdes parecían pequeños detrás de sus lentes cuadrados y gruesos.

—¿Quién es usted? —le pregunté.

El hombre, que nos había hablado en español, comenzó a hablarnos en inglés.

—El padre Ramiro. Aunque todos me llaman Ram. Llevo sirviendo como sacerdote treinta años en esta bendita tierra de México y en el amoroso estado de Jalisco.

—¿Por qué no nos atacan? ¿Por qué hay niños entre ellos? —le pregunté señalando a los gruñidores.

—A veces las criaturas responden mejor a las caricias que a las balas. ¿No cree? —dijo el sacerdote.

—Lo que no entiendo es la razón por la que usted no está enfermo —dijo Susi, que por fin logró reaccionar.

—Son demasiadas preguntas para hacerlas aquí, debajo de este sol abrasador. Además, ya saben que a ellos el sol les hace mucho mal. Su piel se cae a jirones y se quema. Les invito a que vengan a mi iglesia —dijo el sacerdote.

No me fiaba mucho de aquel tipo. Todo aquello era demasiado extraño. Ya teníamos las medicinas y era mejor marcharnos cuanto antes.

—Gracias, pero creo que preferimos irnos —le contesté.

—¿No quieren que cure a su amigo? —preguntó el sacerdote.

—¿Cómo sabe que uno de nosotros está enfermo? —le dije extrañado.

—Están saliendo de una botica con los bolsillos repletos de medicinas —dijo sonriente.

—Puede que sea lo mejor para Sam —dijo Susi.

Sabía que nuestro compañero necesitaba un médico urgentemente, pero había algo que no me gustaba en todo aquello.

Mike bajó la ventanilla de la camioneta. Nos miró con los ojos fuera de las órbitas y nos dijo:

—Sam se está muriendo.

CAPÍTULO X

A VIDA O MUERTE

NUNCA HABÍA IMAGINADO QUE A veces lo peor y lo mejor que nos puede suceder son dos caras de la misma moneda. Ram nos ayudó a descargar a nuestro amigo y lo introdujo en la parte de atrás de la iglesia. Allí tenía una especie de dispensario, que no llegaba a ser un quirófano, pero lo cierto es que no le faltaba de nada.

El sacerdote examinó al herido. Cuando destapó la venda, una baba blanquecina se quedó pegada al tejido y un olor a podrido llegó hasta nuestra nariz.

—Está muy mal, pero creo que la infección no ha llegado hasta el hueso —dijo el sacerdote.

—¿Perderá la pierna? —preguntó Susi.

—Me conformaría con que no le perdiéramos a él —contestó escuetamente el sacerdote.

—¿En qué podemos ayudarle? —le pregunté.

—Será mejor que se aparten. Uno de ustedes me ayudará a ponerme una bata verde y a quitar toda esta carne podrida —dijo mirándonos a los ojos.

Dudamos por unos momentos. Ninguno de nosotros era demasiado indiferente a la sangre, a pesar de haber visto mucha en los últimos meses.

—Yo le ayudaré —dijo Susi, dando un paso al frente.

Los dos se pusieron la bata, un gorro, unos guantes y comenzaron a limpiar la herida.

Mike y yo decidimos esperar fuera. En la salita había media docena de gruñidores que nos miraban con curiosidad.

No terminaba de acostumbrarme a tener a esos monstruos pegados a mi cara, aunque supuestamente fueran inofensivos. Tenía la misma sensación que un domador rodeado de fieras: una tensa calma.

Media hora más tarde salieron Susi y el sacerdote. La sonrisa de mi amiga me tranquilizó un poco.

—Parece que hemos limpiado bien la herida —dijo Susi.

—Tenemos que esperar a que haga efecto el antibiótico, pero creo que su amigo mejorará en un par de días —comentó el sacerdote.

—¿Un par de días? No podemos esperar tanto tiempo —le contesté.

—No pueden moverlo tal y como se encuentra. Podría morir. Necesita vencer la infección y recuperar fuerzas. Si la infección hubiera llegado a la sangre, su amigo habría muerto —nos explicó el sacerdote.

—Pero tenemos que regresar a Estados Unidos —dijo Mike con el ceño fruncido.

—Imagino que en Estados Unidos las cosas no estarán mucho mejor que aquí —contestó el sacerdote—; dos días no cambiarán muchos sus planes.

Susi me agarró por el hombro e hizo un gesto afirmativo.

—Está bien. Dos días, pero ni uno más —contesté. Mi amiga me dio un abrazo y Mike salió de la sala muy ofuscado.

El sacerdote se acercó sonriente y nos dijo:

—Espero que esta noche sean mis invitados. Gracias a Dios, en este apartado sitio tenemos animales, trigo y otros lujos en los tiempos que corren.

Nunca rechazo una buena comida, pero en aquella ocasión era una de las cosas que más extrañaba. No habíamos tomado nada fresco desde nuestra huida de San Diego. Incluso noté cómo me sonaban las tripas cuando el sacerdote nos enseñó nuestras habitaciones.

CAPÍTULO XI

LA HISTORIA DE RAM

LA HISTORIA DE RAM ERA realmente increíble, o al menos eso me pareció a mí cuando la escuché por primera vez. Tras bañarnos y cambiarnos de ropa, acudimos a la cena. El salón era grande, estaba muy limpio, y sobre un mantel rojo descansaban algunos ricos manjares. Pan, zumo de naranja, filetes de cerdo y puré de patatas. Mis amigos y yo reaccionamos de la misma manera al sentarnos a la mesa: la boca se nos hacía agua. No queríamos charlar ni guardar ningún tipo de protocolo, queríamos devorar toda aquella comida.

—Espero que todo esté a su gusto —dijo el sacerdote.

—Muchas gracias por invitarnos a cenar, y sobre todo por salvar la vida de nuestro compañero —dijo Susi.

—¿No les importa que bendiga la mesa? —dijo el sacerdote.

—Por favor —le indiqué.

—Señor, te damos gracias por los bienes que nos das. También por estos amigos que hoy se sientan a mi mesa que es la tuya. Guárdalos del mal. Amén —oró el sacerdote.

Los primeros minutos apenas pronunciamos palabra. Teníamos la boca llena y cada bocado era un disfrute para nosotros. Cuando logramos saciarnos un poco, comenzamos a interrogar al sacerdote.

—Tiene que resolvernos un montón de dudas —dijo Susi.

—Será un placer. Hace mucho tiempo que no converso con nadie. La mayoría de los gruñidores, a pesar de que están mucho mejor que hace un tiempo, no logran pronunciar muchas palabras coherentes —explicó el sacerdote.

—Yo quiero romper el fuego —dijo Susi. Después continuó preguntando—: Lo que más me ha sorprendido es que da la sensación de que estos gruñidores le tienen mucho respeto. ¿Por qué se comportan de esa manera?

El sacerdote dejó los cubiertos y se apoyó en la mesa. Entornó los ojos detrás de sus gruesos lentes y comenzó a contarnos su historia.

—Ya saben que los viejos somos muy dados a contar interminables historias, pero si tienen paciencia, comprenderán por qué tengo que remontarme a hace treinta años para explicarles todo lo que ha sucedido en este pueblo. De joven estudié en un seminario menor en Burgos, España. Mi familia era de duros agricultores, que tenía demasiados hijos y pocos recursos. Por eso, al ser yo su segundo hijo varón, pensaron que lo mejor era que me dedicara al sacerdocio. Lo cierto es que a mí me gustaba la iglesia. Era monaguillo y, aunque hacía mis travesuras, lo mejor que podía hacer con mi vida era servir a Dios.

—¿Desde niño se hizo sacerdote? —le pregunté.

—No. Antiguamente pasabas por un seminario menor cuando tenías doce o trece años, pero hasta llegar casi a los veinte era muy raro que te ordenaran sacerdote. A mí me gustaba mucho estudiar, y en el seminario pensaron que podía graduarme en Derecho u otra carrera, pues en la iglesia católica se necesitan muchos hombres de Dios que sepan una profesión. Por eso, después del seminario fui a Roma para estudiar Derecho. Aprendí italiano y me acostumbré a vivir lejos de mi familia. Cuando terminé la carrera, me destinaron a pertenecer a los servicios legales de la Curia Vaticana. Aquello no me gustaba; yo quería ser sacerdote para ayudar a la gente, no para tramitar papeles legales —dijo el sacerdote.

—¿Cómo llegó a ser misionero? —preguntó Susi.

El sacerdote tomó un poco de agua, y sonriendo a mi amiga, continuó su relato.

—Pedí a mis superiores que me destinaran a alguna parroquia en Italia o España, pero ellos decían que era una pena que se perdiera todo mi potencial. Algunos me veían como futuro cardenal —dijo el sacerdote.

—¿Qué es un cardenal? —le pregunté.

—Una especie de príncipe de la iglesia católica —contestó.

—No le interrumpas —dijo Susi.

Mi amiga no dejaba de mirar intrigada al sacerdote, pero Mike no disimulaba su aburrimiento.

—El caso es que estuve casi diez años en Roma, pero precisamente cuando me iban a ascender, mi padre falleció. Regresé a mi casa en Burgos y pasé una breve temporada con mi madre. En aquel momento conocí al obispo de la ciudad. Un hombre de gran fe. A él le pude explicar mis inquietudes, y me animó a ir de misionero a Guatemala. No era fácil convencer a mis superiores, pero gracias a su recomendación, al final me dejaron venir para América —dijo el sacerdote.

—No entiendo qué tiene que ver todo eso con lo que le hemos preguntado —dijo impaciente Mike.

—Iré al grano —contestó el sacerdote.

—¡Mike, somos sus invitados! ¡Por favor, compórtate! —dijo Susi enojada.

—No te preocupes. Entiendo que la juventud siempre es impetuosa, yo también fui joven —dijo el sacerdote.

—Continúe, por favor —le pedí.

El sacerdote nos ofreció un poco más de zumo, después los gruñidores retiraron los platos y nos trajeron un delicioso postre.

—Estuve cinco años en Guatemala, pero en cuanto el obispo de Ciudad de Guatemala me conoció, me pidió que fuera su secretario personal. Era cierto que ayudaba en la catedral, que predicaba alguna vez y también ayudaba en el comedor social, pero aquella vida no me gustaba. Pasaba más tiempo con políticos y gente importante de la ciudad que con el pueblo. Hasta que por fin me decidí a venir a México. El anterior sacerdote de este pueblo había muerto y pedí el destino. Aunque aún desconocía la verdadera razón de la muerte de este pobre hombre —nos explicó el sacerdote.

—¿Qué le había pasado? —le pregunté.

—En estas tierras siempre hubo un cacique llamado Don Armando Mejías. Este hombre rico poseía todo el valle, y hasta las aguas del río le pertenecían. Cuando se hizo la gran presa, se enriqueció aun más. Ahora podía poner tierras de regadío. Por eso extorsionó a los pocos propietarios que poseían alguna tierra. Tenía controlado el cacique a la policía, el alcalde y todos eran pagados por él. Este tal Don Armando era un tipo descarado. Abusaba de muchas mujeres, aunque fueran casadas, tenía muchos hijos ilegítimos y explotaba a sus trabajadores. El anterior sacerdote se enfrentó a él, porque tras abusar de una jovencita, mató al padre de esta que vino a reclamarle que al menos reconociera a su hijo. El sacerdote intentó interceder, y después denunció al gobernador del estado el caso, pero el cacique tenía controlados a los jueces y al propio gobernador. Un día se cansó del sacerdote y lo mandó matar a sangre fría, mientras hacía una misa —nos narró el sacerdote.

—Es increíble que haya gente tan malvada —dijo Susi.

El sacerdote asintió con la cabeza. Imaginé que para él debió de ser muy difícil cuando llegó al pueblo. Enfrentarse a alguien tan poderoso era prácticamente un suicidio.

—¿Qué pasó cuando usted llegó? —le preguntó Susi.

—Claro, yo no sabía nada y nadie se atrevía a contarme lo sucedido. Hasta que una muchacha vino a confesarse y me contó cosas de este Don Armando. Era secreto de confesión, pero también un delito. Fui a hablar con el cacique a su inmensa casa a las afueras del pueblo. Me recibió muy amablemente, a pesar de que estaba enojado conmigo por no haber aceptado varias invitaciones que me había hecho con anterioridad. Cuando le pedí explicaciones, él estalló muy airado y me echó de su casa. No sabía qué hacer. Acudí a la policía, pero enseguida me di cuenta de que estaban al servicio de Don Armando. Hablé con el obispo de la ciudad, pero también estaba a sueldo de este tipejo. ¿Qué podía hacer? Comencé a hablar del cacique desde el púlpito. Sus matones comenzaron a amenazarme, y a todo el que se atrevía a entrar en la iglesia —dijo el sacerdote.

—Eso es terrible —comenté.

—Sí, pero no podía echarme atrás —contestó el sacerdote.

—¿Qué hizo para solucionar el problema? —preguntó Susi.

—La cosa tenía mala solución, pero afortunadamente mucha gente me apoyó. No querían que mataran otra vez a su sacerdote. Varios campesinos me guardaban de día y de noche, pero aquello tampoco era solución. Hasta que sucedió lo de la Peste y todo cambió por completo —dijo el sacerdote.

En ese punto Mike pareció comenzar a interesarse por la historia. Se echó para adelante, y cuando estaba a punto de preguntar algo, un gruñidor vino todo alterado y comenzó a hacer gestos al sacerdote.

—Los hombres de Don Armando parece que han decidido visitarnos justamente esta noche —dijo Ram, mientras todos le miramos sorprendidos.

CAPÍTULO XII

LOS HOMBRES DE DON ARMANDO

EL SACERDOTE SALIÓ A TODA prisa del salón y regresó armado hasta los dientes. Después nos ofreció algunas armas. Cuando salimos a la calle nos sorprendió ver todo iluminado. Dos docenas de gruñidores esperaban formados y con armas de fuego.

—¿Dónde están? —preguntó el sacerdote.

Los gruñidores por gestos explicaron la distancia a la que estaban los hombres de Don Armando. Después, el sacerdote ordenó la defensa del pueblo. Sacaron unos carros que colocaron en mitad de la calle principal; los gruñidores se distribuyeron por las líneas defensivas y, mientras esperaban, el sacerdote se acercó a nosotros.

—Los hombres de Don Armando no tardarán en llegar. Están menos entrenados que los míos. El mal siempre es más rudimentario que el bien —dijo el sacerdote.

—Pero, ¿ellos son gruñidores? —le pregunté.

—Sí, pero luego les cuento. Por favor, pueden ayudarme. Sitúense en tres grupos, no me vendrá mal un poco de ayuda para gobernar a los míos. No son muy listos, ya saben —dijo el sacerdote.

Nos colocamos a la espera de la llegada de los gruñidores de Don Armando. Diez minutos más tarde, dos centenares de gruñidores aparecieron montados a caballo. Aunque lo que más me sorprendió fue que los animales sobre los que cabalgaban parecían igual de monstruosos que ellos mismos.

Los gruñidores de Don Armando nos dispararon desde sus monturas, pero no lograron hacernos mucho daño. Nosotros respondimos al fuego y conseguimos eliminar a una veintena.

Tras una hora y media de lucha, nuestros enemigos optaron por retirarse. No habían conseguido infringirnos demasiado daño. Lo gruñidores recogieron sus bajas, pero mantuvieron las defensas.

—Puede que vuelvan —nos explicó el sacerdote.

—Pero, ¿cómo es que Don Armando sigue vivo? —preguntó Mike.

—Es uno de ellos, pero gracias a lo que observé en ese cacique, descubrí una manera de controlar a los gruñidores —nos contó el sacerdote.

—¿Cómo lo hace? —preguntó Susi, sin poder contener su curiosidad.

—Ya saben que me gusta contar historias, pero es muy tarde y soy demasiado viejo para tantos sobresaltos en un día. Mañana les contaré lo qué pasó cuando llegó la Peste y cómo hemos llegado a esta situación —nos dijo el sacerdote.

Mientras nos dirigíamos de nuevo a la casa, no dejaba de hacerme preguntas. Si lo que contaba el sacerdote era cierto, podríamos combatir a los gruñidores sin tener que exterminarlos a todos. Nunca pensé que en aquel apartado lugar de México pudiera estar la solución para los problemas de toda la raza humana.

Mike y yo dormimos en la misma habitación y Susi en la de al lado. Cuando me acosté entre aquellas sábanas limpias, después de una gran cena y una historia tan intrigante, me sentí extrañamente cómodo. La comodidad era un lujo en el mundo tras la Gran Peste. No había muchos lugares como aquel en la tierra, aunque como habíamos descubierto, el paraíso siempre está en peligro, rodeado por fuerzas misteriosas que conspiran para destruirlo. Oré para que aquel paraíso no desapareciera; no quedaban muchos sitios a los hombres en los que encontrar refugio y descanso para sus almas.

Capítulo XIII

CONEXIONES

LA NOCHE FUE TRANQUILA. LOS hombres de Don Armando no volvieron a aparecer, y el sacerdote nos dejó dormir plácidamente. Nos levantamos y comimos un contundente desayuno. Necesitábamos recuperar fuerzas y retomar nuestro viaje hacia Estados Unidos.

Después de desayunar fuimos a ver a Sam. Seguía inconsciente, pero al menos tenía mejor cara. Cuando salimos del consultorio, nos sorprendió ver la calle despejada y limpia, como si la batalla de la noche anterior no hubiera existido.

El sacerdote nos esperaba en la capilla de la iglesia. Cuando entramos, le encontramos de rodillas ante el altar mayor. Llevábamos mucho tiempo sin entrar en una iglesia, pero en cuanto entramos en aquel austero lugar, casi sin adornos, sentimos el recogimiento que desprendía.

El sacerdote tardó unos minutos en terminar sus oraciones, después se santiguó y se acercó hasta nosotros. Su rostro reflejaba una alegría y una paz que yo no había visto desde hacía mucho tiempo.

—Espero que hayan descansado bien. La noche comenzó algo movida, pero al final todo volvió a la normalidad —comentó el sacerdote.

—Muchas gracias por su hospitalidad. En el mundo ya no quedan muchos lugares como éste, ni personas como usted —dijo Susi.

—Gracias por el halago, pero esto no es obra mía, es obra de Dios. Si quieren dar un paseo conmigo, les contaré el final de la historia —dijo el sacerdote, invitándonos a salir a la calle.

La mañana era luminosa, como si las pesadillas de la noche hubieran dado lugar a un nuevo día de esperanza. Yo no dejaba de pensar en cuál sería el secreto de este sacerdote perdido en las sierras de México.

Salimos del pueblo y nos acercamos al río. El agua discurría tranquila entre los árboles y las piedras de la orilla. El sonido del agua me hizo recordar Ione.

—Ayer les conté sobre mi infancia, vocación y llegada a México. El enfrentamiento que teníamos Don Armando y yo habría derivado en una verdadera guerra que los pobres de esta tierra hubiéramos perdido. Siempre es así. Cuando nos enfrentamos a los poderosos, terminamos por perder la partida. La llegada de la Peste cambió las cosas, pero a peor. La gente comenzó a enfermar, y en menos de un año, prácticamente todos los vecinos de la ciudad estaban infectados. Unos pocos desaparecieron sin dejar rastro, sobre todo muchos de mis más fieles feligreses. Aquello me hizo pensar... —dijo el sacerdote, pero Susi le interrumpió intrigada.

—¿Sus feligreses desaparecieron? ¿Qué sucedió con los niños?

—Al principio los niños no se vieron afectados, como si tuvieran algún tipo de inmunidad, pero al segundo año también comenzaron a infectarse. Don Armando fue de los primeros en sufrir la Peste, o al menos eso es lo que se rumoreaba, ya que no volvió a salir de su villa y nadie le vio nunca enfermo. Curiosamente, tras contraer la Peste, Don Armando comenzó a tener más influencia en el pueblo. Todos los infectados le obedecían, incluso aquellos que antes se habían opuesto a él —explicó el sacerdote.

No entendía por qué el sacerdote no había desaparecido como el resto de las personas buenas, y aquello me inquietaba en parte.

—¿Por qué usted no enfermó y desapareció? —preguntó Mike, como si me estuviera leyendo el pensamiento.

—Después del primer año comencé a enfermar. No entendí por qué Dios no me libraba de aquello. Yo cuidaba a los niños que no estaban infectados, pero sabía que había algo malo en mí, de otra forma yo también hubiera desaparecido —comentó el sacerdote.

—Entonces, ¿usted cree que lo que se produjo fue el «rapto» del que habla la Biblia? —le pregunté, no pudiendo esperar más para saber la verdad.

El sacerdote no respondió de inmediato. Lo que hizo fue sacar de un bolsillo de su hábito una pequeña Biblia de piel negra totalmente desgastada. Después se acercó el libro a los ojos y leyó:

Tampoco queremos, hermanos, que ignoréis acerca de los que duermen, para que no os entristezcáis como los otros que no tienen esperanza. Porque si creemos que Jesús murió y resucitó, así también traerá Dios con Jesús a los que durmieron en él. Por lo cual os decimos esto en palabra del Señor: que nosotros que vivimos, que habremos quedado hasta la venida del Señor, no precederemos a los que durmieron. Porque el Señor mismo con voz de mando, con voz de arcángel, y con trompeta de Dios, descenderá del cielo; y los muertos en Cristo resucitarán primero. Luego nosotros los que vivimos, los que hayamos quedado, seremos arrebatados juntamente con ellos en las nubes para recibir al Señor en el aire, y así estaremos siempre con el Señor. Por tanto, alentaos los unos a los otros con estas palabras.[*]

Aquel texto lo había escuchado muchas veces en la iglesia que pastoreaba mi padre en Oregón. He de reconocer que me producía algo de miedo. Siempre que mis padres se retrasaban por algún recado o tardaban en regresar de la iglesia, tenía el temor de haberme quedado atrás. Cuando ellos desaparecieron, aunque al principio todo el mundo ocultó las desapariciones y se dijo que esa gente había muerto por la Peste, yo pensé que lo que había sucedido hubiera sido el rapto.

—No entiendo qué quiere decir —comentó Mike.

—Según la Biblia, antes del fin de los tiempos se producirá un rapto de la Iglesia. El texto que les he leído habla de eso. Dios resucitará a los que hayan muerto dentro de su Iglesia, y después se llevará a los que estén vivos —dijo el sacerdote.

—Pero al principio muchos pastores, obispos y líderes religiosos se quedaron en esta tierra. No desaparecieron, y dijeron al mundo que se trataba de una simple enfermedad —dijo Susi.

—Efectivamente, mucha de esa gente a pesar de ser religiosa no tenía realmente a Dios —dijo el sacerdote.

—¿Como usted? —preguntó Mike, con algo de malicia.

—Como yo mismo. En ese momento no me daba cuenta, pero mi odio a Don Armando y a todos sus hombres me había alejado de Dios. Muchas veces queremos imponer nuestra justicia y no la de Él —dijo el sacerdote.

—Pero, no entiendo en qué sentido hubo un arrebatamiento y por qué los niños nos quedamos —dijo Susi.

---

[*] 1 Tesalonicenses 4.13–18.

—Eso es algo que yo tampoco entendía. Jesús dijo que había que ser como niños para entrar en el reino de los cielos. Día y noche indagué sobre este asunto. Atormentado por haberme quedado aquí, pero también por ver a los niños sufrir tanto. Entonces recordé un texto que hay en Apocalipsis en el que habla de los 144.000 elegidos.

El sacerdote volvió a buscar en su Biblia y después leyó:

Después miré, y he aquí el Cordero estaba en pie sobre el monte de Sion, y con él ciento cuarenta y cuatro mil, que tenían el nombre de él y el de su Padre escrito en la frente. Y oí una voz del cielo como estruendo de muchas aguas, y como sonido de un gran trueno; y la voz que oí era como de arpistas que tocaban sus arpas. Y cantaban un cántico nuevo delante del trono, y delante de los cuatro seres vivientes, y de los ancianos; y nadie podía aprender el cántico sino aquellos ciento cuarenta y cuatro mil que fueron redimidos de entre los de la tierra. Estos son los que no se contaminaron con mujeres, pues son vírgenes. Estos son los que siguen al Cordero por dondequiera que va. Estos fueron redimidos de entre los hombres como primicias para Dios y para el Cordero; y en sus bocas no fue hallada mentira, pues son sin mancha delante del trono de Dios.[*]

—Pero eso es imposible. Hay muchísimos más de 144.000 niños, y además no son judíos en su mayoría —dijo Mike.

—El número es simbólico y hace referencia a una gran multitud. Los ciento cuarenta y cuatro mil marcados son todos del pueblo de Israel. A continuación se habla de una multitud incontable de todos los demás pueblos y razas. De cada una de las tribus son sellados doce mil. El doce es número sagrado que indica plenitud; el mil es número de inmensidad. En el fondo, lo que quiere decir es que son muchos los que se salvan —dijo el sacerdote.

—El libro de Apocalipsis es demasiado simbólico, y nunca podemos saber a ciencia cierta lo que quiere decir el apóstol Juan en cada parte. Eso es lo que siempre decía mi padre —comenté.

—Hay detalles curiosos, como que en la enumeración de las tribus de Israel se omite la de Dan. Tal vez porque, según una

* Apocalipsis 14.1–5.

tradición judía, de ella nacería el anticristo; por eso era considerada como maldita. No obstante, hay que mantener el número de doce por su simbolismo; para ello, además de nombrar a José, nombra a su hijo Manasés. La multitud incontable, por eso creo que a ella podemos pertenecer los que no somos descendientes de Israel y nos alcanza igualmente la salvación, pues como dice el texto: tienen vestiduras blancas, que simbolizan el color de la victoria. Además tienen palmas en las manos, que simbolizan el triunfo. Y esa multitud está delante del Cordero —terminó de contarnos el sacerdote.

Susi y mi hermano parecían un poco confusos por la explicación, pero todo comenzaba a encajar de alguna manera. Lo que no entendía era por qué el sacerdote había logrado controlar a los gruñidores.

—Entonces, si es verdad el arrebatamiento, también será verdad el regreso en las nubes de todas esas personas, tal y como describe la Biblia —comenté.

—Sí, lo que no sé es cuándo sucederá —dijo el sacerdote.

Llevábamos varias horas charlando junto al río, pero el tiempo se había pasado volando. El sacerdote nos invitó a comer y continuar nuestra charla tranquilamente.

La comida de aquel día fue tan exquisita como la de la cena tras nuestra llegada. Nos sirvieron pollo asado con patatas fritas y un delicioso zumo de naranja. Después de la comida, comenzamos a charlar de nuevo.

—Lo que no entiendo es por qué los gruñidores le obedecen —pregunté al sacerdote.

—Me di cuenta de que todos los gruñidores no son iguales, como si hubiera unos pocos que tienen la capacidad de pensar por los demás y, en cierto sentido, manipularles. Don Armando tenía ese poder. Entonces me acordé de que, según la Biblia, tanto los ángeles como los demonios tienen jerarquías de poder. Se les llama principados, potestades, gobernadores de las tinieblas y huestes de maldad. También nos habla la Biblia de que estas potestades son territoriales. Por tanto, en cada zona un demonio domina ese territorio, y también a sus habitantes. Por eso luché durante cuatro semanas en oración, para que Dios rompiera ese dominio sobre esta zona, y entonces conseguí liberar a la mayoría de los gruñidores de esta zona —dijo el sacerdote.

Los comentarios del sacerdote me dejaron muy sorprendido. Nunca hubiera imaginado que pudiéramos conseguirlo de aquella manera. Sin tener que enfrentarnos a ellos militarmente.

—Pero eso no les devuelve a la normalidad —dijo Susi.

El sacerdote se levantó de repente, y con un gesto nos pidió que le siguiéramos. Caminamos durante media hora bajo el caluroso sol. Llegamos a una gran finca protegida por una altísima valla electrificada. Entramos en el recinto y el sacerdote nos llevó hasta lo que parecía una pequeña aldea. Lo que vimos allí, no lo olvidaré jamás.

CAPÍTULO XIV

EL MILAGRO DE TALPA DE ALLENDE

EN AQUEL POBLADO OCULTO ENTRE bosques, algo alejado del pueblo, había algo más de un centenar de personas totalmente normales. Nos recibieron con amabilidad y nos ofrecieron algunos zumos para que nos refrescáramos. Después, el sacerdote nos llevó hasta unas mesas bajo un porche.

—¿Están curados? —pregunté al sacerdote.

—Sí, completamente curados. Pero el proceso es algo lento, algunos llevan dos años para su total regeneración. De alguna manera, por medio de las oraciones hemos logrado quitarles todo el mal del cuerpo, y la transformación que ha comenzado por dentro ha terminado viéndose por fuera —comentó el sacerdote.

—No me creo nada de todo esto. La verdad es que pienso que esta gente estaba bien, que los ha mantenido aislados aquí y que por alguna razón, quiere que nos creamos esa mentira —dijo Mike.

—Mike, ¿te has vuelto loco? —preguntó Susi.

—Es imposible. Esos monstruos se han convertido en lo que son por un virus, no por algo espiritual —comentó mi hermano.

—El doctor Sullivan me dijo que él creía que el comportamiento de la persona y el gen que producía el bien y el mal estaban alterados, y que la cura no era efectiva —dije enojado, aunque en cuanto lo comenté, me arrepentí de haberlo hecho.

Los dos me miraron sorprendidos. Nadie sabía que la cura no era efectiva. Mi hermano y Susi creían que estaban completamente curados, pero ahora ya sabían la verdad.

—Estás mintiendo —dijo Mike.

—No estoy mintiendo. El doctor Sullivan me lo comentó la noche que los gruñidores conquistaron la ciudad, por eso no estaba con ustedes. Él me había mandado llamar a su laboratorio.

Susi no supo cómo reaccionar, aunque su rostro mostraba la angustia de aquel desgraciado descubrimiento.

—Espero que lo que dices sea verdad —dijo Mike furioso. Después se alejó de nosotros.

Nos quedamos un rato en silencio. Al final, el sacerdote se puso en pie y nos dejó a solas.

—¿Por qué no nos lo has dicho antes? —me reprochó Susi.

—No he tenido mucho tiempo, pero sobre todo no creía que les hiciera mucho bien —le contesté.

—No tienes que estar siempre protegiéndonos. Ya sabemos hacerlo nosotros solos. Si no confías en nosotros, nosotros dejaremos de confiar en ti —dijo Susi, con el ceño fruncido.

Mi amiga también se marchó y me quedé a solas, intentando entender lo que les sucedía. Yo creía que mi responsabilidad era protegerles. Era el mayor, y hubiera dado cualquier cosa por evitarles cualquier sufrimiento. Pero a veces tenemos que dejar que la gente que nos rodea madure. Es inútil rodear a nuestros seres queridos con un cordón de protección invisible. Cada uno tiene que tomar sus propias decisiones y arriesgarse a equivocarse. Ellos sabían que siempre podían contar conmigo, pero era consciente de que dejarían de confiar en mí si yo no comenzaba a confiar más en ellos.

CAPÍTULO XV

ÚLTIMO DÍA

A VECES LOS MILAGROS SE convierten en nuestras peores pesadillas. Nuestra estancia en México estaba siendo muy fácil si la comparábamos con las últimas semanas, pero en cambio nuestra relación parecía deteriorarse cada vez más. Mike no terminaba de reconciliarse conmigo. Ya no era lo mismo que antes, como si una gran sima nos separara. Susi y yo habíamos comenzado una relación, pero nuestra forma diferente de ver el mundo también nos distanciaba.

Regresamos al pueblo en silencio, cada uno imbuido en sus propios pensamientos. El sacerdote no hizo ningún comentario, se limitó a ir un par de pasos por detrás de nosotros. Al final me puse a su altura y comenzamos a hablar.

—He notado algo especial en ti —dijo el sacerdote, pillándome por sorpresa.

—¿A qué se refiere? —le pregunté.

—Tienes algún tipo de don. Tú ya sabías el poder que tiene la razón, creo que has combatido con un diablo mucho peor que Don Armando —dijo el sacerdote.

—En Estados Unidos los gruñidores se han unido en grandes ejércitos para terminar con los pocos humanos que hemos sobrevivido. Huimos de San Diego antes de que lo eliminaran, y ahora intentamos llegar a algunas de las bases que hay en la costa este de nuestro país —le expliqué.

—Sí, puede que el gobierno de tu país esté intentando reorganizarse, pero no entienden que se enfrentan a un poder que no es de este mundo. Ese poder viene del mal, y la única manera de vencerlo es con el bien. Dios me habló no hace mucho tiempo sobre cómo impedirá que el mal se extienda, antes de que nos devuelva a aquellos que fueron raptados —dijo el sacerdote.

Sus palabras me confundían. No era la primera vez que me decían que Dios quería usarme para cambiar las cosas, pero cada vez daba menos crédito a esas palabras. Durante mucho tiempo había sido un ingenuo, pero ahora sabía de verdad lo que había en el corazón de los hombres, y dudaba que Dios quisiera usar a alguien como yo.

—Entiendo tus dudas —dijo el sacerdote al mirarme a la cara—, yo también las tenía, pero ya has visto lo que he conseguido; pero tiene un peligro tu misión. Puede que te suceda lo mismo que a mí, no te dejes invadir por el odio. El odio lo único que hará será convertirte en un esclavo más del mal, y eso terminará por derrotarte.

—Gracias por el consejo —le dije, aunque realmente tenía la cabeza en otro sitio.

Cuando llegamos al pueblo, nos dirigimos directamente a ver a nuestro compañero, pero nos extrañó no ver a ningún gruñidor por el camino. El único sonido que se escuchaba era el silbido del viento, pero de repente llegó hasta nosotros un desagradable olor a podrido. El sacerdote no tardó en sacar su pistola y apuntar hacia la puerta de la iglesia.

—Están cerca —dijo el sacerdote, con el ceño fruncido—, puedo notarlos.

Nos pusimos en guardia. El sacerdote marchaba primero, pues él conocía cada rincón de aquel pueblo. Nos acercamos a la capilla. El sacerdote abrió las grandes hojas de la entrada y vimos un espectáculo dantesco. Todos los gruñidores de la ciudad estaban tendidos y amontonados por suelo de la iglesia. Don Armando había cumplido su venganza.

CAPÍTULO XVI

ÚLTIMAS HORAS EN EL INFIERNO

NUNCA ME HABÍA IMPRESIONADO TANTO ver a un grupo de gruñidores muertos. Ya no les veía como pseudo humanos o monstruos; eran personas como yo, pero que no habían sabido apartarse del mal a tiempo. El sacerdote se hincó de rodillas y comenzó a llorar. La obra de toda su vida había terminado. Aquel hombre había dedicado todo su tiempo a aquella comunidad, pero ahora ya no existía. Entonces se puso en pie y con los ojos desorbitados dijo:

—Dios mío, deben de haber ido por los sanos.

—¿Qué? —le pregunté. No entendía a qué se refería.

—Van a matar a los que ya están sanos —dijo el sacerdote mientras corría a buscar un todoterreno.

Corrimos tras de él, nos subimos en el vehículo cuando este ya estaba en marcha, y el todoterreno salió disparado. En menos de diez minutos estábamos frente a la verja. Los gruñidores de Don Armando la habían echado abajo en algunas partes y perseguían a los humanos armados con machetes y pistolas.

—¡Rápido! —gritó el sacerdote.

Saltamos del todoterreno y le seguimos. Algunos gruñidores comenzaron a atacarnos, pero no fue muy difícil deshacernos de ellos. Cuando llegamos a la casa principal, en la que estaban los niños, vimos de espaldas a un gruñidor alto y sin cabello. Cuando se giró, todos supimos que se trataba de Don Armando.

—¡Yo te maldigo! —gritó el sacerdote.

Don Armando sonrió, con sus dientes podridos y su cara destrozada y putrefacta. El sacerdote apuntó a la cabeza del jefe de los gruñidores, pero un tiro le alcanzó en la mano y se le cayó el arma al suelo.

En un minuto estábamos rodeados de medio centenar de gruñidores. Pensé que era el final, pero Don Armando nos ordenó que soltáramos las armas y nos rindiéramos.

En cuanto arrojamos las armas, nos rodearon y ataron. Después tomaron prisioneros a los niños y a los pocos humanos que quedaban, y nos metieron en unos camiones. Comenzaba a anochecer cuando llegamos a la villa de Don Armando. Una vez más, el mal había logrado triunfar sobre el bien.

CAPÍTULO XVII

VILLA ARMANDO

NO ERA LA PRIMERA VEZ que nos hacían prisioneros unos gruñidores, pero ahora sabía algunas cosas sobre ellos que me daban una cierta ventaja. Los tres camiones nos llevaron por un camino serpenteante hasta lo que parecía una inmensa plantación de café y árboles frutales. Las tierras estaban abandonadas desde hacía tiempo, y tanto la casa principal como los campos daban una inquietante sensación de oscuridad.

La parte alta de la montaña parecía estar siempre bajo unas nubes grises y plomizas, que se convertían en espesa niebla a primera hora de la mañana y antes del anochecer.

Los camiones se detuvieron enfrente de lo que debían de ser las cuadras. En unas porqueras próximas vimos cerdos de un aspecto tan escalofriante como sus amos. En aquellas tierras el mal era tan fuerte, que había logrado degenerar a la propia naturaleza, y por eso hasta los niños se habían convertido en gruñidores.

Aquellos monstruos nos descargaron como si fuéramos ganado. Al sacerdote, Mike, Susi y a mí nos llevaron a la gran mansión, como si Don Armando quisiera disfrutar de sus mejores trofeos.

Entramos en el gran recibidor de la mansión. Era de mármol blanco y larguísimas columnas negras. Una gran escalera central de mármol se dividía en dos, retorciendo la balaustrada en figuras de monstruosos demonios. La luz era muy escasa en el edificio, como si sus habitantes disfrutaran de su oscuridad.

Nos llevaron a un gran salón. En el centro, una inmensa mesa alargada de caoba y treinta sillas presidían la estancia. Las cortinas de terciopelo rojo estaba hechas jirones, y el resto de los muebles parecían viejos y polvorientos.

—Esta noche serán mis invitados —dijo la fantasmagórica figura de Don Armando, sentada en la presidencia de la mesa. Llevaba puesto un viejo esmoquin, con la camisa renegrida por los trozos de piel que se desprendían de su rostro.

El sacerdote era el único de nosotros que estaba amordazado, como si el jefe de los gruñidores temiera lo que pudiera decirle. Nos sentaron en las sillas más próximas a nuestro macabro anfitrión. Unos gruñidores grandes de raza negra nos sirvieron la cena. Era carne de cerdo nauseabunda. El olor era tan insoportable que nos daban ganas de vomitar.

—Creo que no les gusta mi cena —dijo el jefe de los gruñidores, y después comenzó a reírse a carcajadas.

Unas chicas gruñidoras con el cabello rubio, pero tan horribles facciones como las de Don Armando, entraron en el salón dando gritos desagradables. Al vernos, se acercaron a nosotros y comenzaron a olfatearnos como si fuéramos un suculento postre.

—Dejen a nuestros invitados, ya tendrán tiempo de conocerles mejor —dijo Don Armando.

Las chicas gruñidoras abandonaron la sala refunfuñando y nuestro anfitrión levantó una copa para hacer un brindis.

—Por el padre Ramiro y su tesón inquebrantable —dijo el jefe de los gruñidores. Después apuró su copa y la dejó sobre la mesa.

El jefe de los gruñidores se puso en pie y se acercó primero a Susi, y la examinó. Le agarró por la barbilla, pero ella apartó la cara con repulsión. Después hizo lo mismo con Mike y conmigo.

—¿De dónde han sacado estos especímenes? Son justamente lo que necesitaba. La gente de este valle es demasiado vulgar para servir a mis propósitos, pero estos servirán.

El sacerdote se sacudió en la silla y gritó algo con la mordaza en la boca, pero apenas escuchamos unos gemidos indescifrables.

—¿Quieres hablar, viejo amigo? —preguntó el jefe de los gruñidores. Después añadió: Creo que ya es hora de que te quite esto.

En cuanto el sacerdote se vio libre, comenzó a gritar a Don Armando.

—Siempre fue usted un ser vil y cruel. La Peste lo único que ha hecho ha sido mostrar por fuera su podrida alma —dijo el sacerdote.

—Siempre ha sido muy bueno dando discursos, pero eso no le salvará. He esperado hasta ahora para quitarle la mordaza, para asegurarme de que era usted inofensivo. Qué poco se parece a su maestro, todo amor y compasión —dijo el gruñidor.

—¡No hable de Cristo! ¡No pronuncie su nombre! —gritó fuera de sí el sacerdote.

—Cálmese o morirá antes de tiempo —bromeó el jefe de los gruñidores.

Yo notaba el espeso y amargo sabor del mal en cada poro de la piel de Don Armando; intenté refugiarme en mis pensamientos y orar. Sabía que orar era la única salida para esa situación. El gruñidor debió de percibir algo, porque me dijo:

—No te servirá de nada hacer eso. Ya ves a este viejo sacerdote. Él también lo intentó, y mira lo que ha conseguido. Ustedes los cristianos creen que con una oración se arregla todo, pero de la abundancia del corazón habla la boca —dijo el gruñidor.

—No utilice la Palabra de Dios. ¡Blasfemo! —gritó el sacerdote.

—El odio del padre Ramiro es su propio veneno. Me odia tanto y ama tanto lo que ha creado, que su corazón es tan negro como el mío. Miren bien su cara —dijo el jefe de los gruñidores.

Las últimas palabras de Don Armando fueron tan inquietantes, que no pude evitar que un escalofrío me recorriera toda la espalda.

Miramos el rostro del sacerdote, y vimos que su piel blanca y arrugada comenzaba a tomar un extraño color marrón, como un papel viejo y acartonado. El sacerdote debió de notar su propia transformación, porque comenzó a gritar y a insultar al jefe de los gruñidores. Cuanto más aumentaba su ira, más rápido era el proceso de su transformación.

Unos minutos más tarde, el sacerdote se había convertido en uno más de los lacayos de Don Armando, y temía que nosotros corriéramos la misma suerte.

LA BATALLA DE LA MENTE

ÉL DETECTÓ LO QUE YO estaba intentado. De alguna manera podía internarse en mis pensamientos, aunque yo sabía lo que pensaba. Aquel juego era duro y peligroso. En aquella batalla, la derrota significaba perder el control sobre mí mismo y someterme a aquel gruñidor, que era la simple marioneta de un demonio.

—¿Qué pretendes? —escuché una voz dentro de mi cabeza.

Sabía que no tenía que dialogar con él, pero para poder vencerle debía aumentar mi fe. Oré mentalmente, e intenté no distraerme por sus intentos de llamar mi atención. Sabía que en el fondo me tenía miedo.

Entonces noté que estaba justo detrás de mi espalda; abrí los ojos y sentí su fétido aliento.

—¿Piensas que podrás escapar de mí? Estás loco si lo intentas. La mente de tu chica y tu hermanito parecen mucho más simples que la tuya. Veo en ellos miedo, resentimiento, cobardía, traición y hasta algo de envidia hacia ti. Con amigos como estos, no hace falta tener enemigos —dijo el jefe de los gruñidores.

Susi comenzó a llorar, pues no podía soportar la presión. Mike se sacudió en la silla, pero cuando Don Armando le miró a los ojos se quedó paralizado de repente.

—Niñato, esto es entre tu hermano y yo —le advirtió.

Después, Don Armando se fue hasta el sacerdote y le desató. Cuando este se puso en pie, ya era otra persona. Me aterrorizó ver lo fácil que era transformar a una buena persona en un agente del mal. Aquello me enseñaba una lección que no debía olvidar nunca. Por mucho que deseemos el bien, el mal siempre anida en el corazón del hombre. Nunca debemos dejar que el resentimiento, el odio o cualquier otra cosa mala avive el mal que ya habita en nosotros.

El sacerdote se acercó hasta mí y con su horrible aspecto me dijo:

—No te resistas, es inútil. Yo lo hice durante mucho tiempo y ahora comprendo que es mucho mejor unirse a ellos. Todavía estás a tiempo. Cuando triunfen será demasiado tarde. Piensa en tu amigo y tu hermana; él los destruirá si tú no te rindes —dijo el sacerdote señalando a Don Armando.

Sabía que todo eso era mentira. Mientras no lograra doblegarme a mí, no podría hacer nada contra ellos. Lo único que les mantenía a salvo era mi empeño por no sucumbir ante el mal. Oré en mi mente, y le pedí a Dios que me diera fuerzas y aumentara mi fe. Le pedí perdón por cualquier cosa que le hubiera ofendido y entonces noté cómo mi cuerpo comenzaba a fortalecerse, como si una fuerza poderosa comenzara a recorrer todo mi ser.

—¡No hagas eso! —gritó el sacerdote.

El sacerdote, Don Armando y los gruñidores que había en la sala se taparon los oídos como si la armoniosa música que yo escuchaba en mi interior fuera el más terrible y estridente de los sonidos.

—¡Para! —gritó Don Armando, y su voz era tan fuerte que empujó mi silla hacia atrás.

Una especie de viento recio se desató por el cuarto. Derrumbó nuestras sillas, pero cuando quise incorporarme, noté que las cuerdas que me ataban se habían aflojado. Corrí a desatar a mi hermano, que estaba derrumbado a mi lado. Justamente cuando lo había liberado, noté cómo algo me tomaba del cabello y me lanzaba contra la mesa. Sentí un fuerte dolor en la espalda y me quedé semiinconsciente, hasta que al abrir los ojos observé que un puño se dirigía directamente hacia mi cara. Lo esquivé y me puse en pie sobre la mesa.

Don Armando y el sacerdote huían con Susi, mientras los dos gruñidores negros nos atacaban. Uno tenía a mi hermano agarrado por el cuello en el suelo, y el otro intentaba atraparme las piernas. Di un salto y me puse justo en su espalda, después le golpeé en los riñones y cuando se agachó, le derrumbé en el suelo.

—Tes, ayúdame —dijo mi hermano desde el suelo.

Me lancé contra el otro gruñidor, pero este era más fuerte y me lanzó a un lado, como si fuera una pluma. Me levanté del suelo. El gruñidor rugió y corrió hacia mí, entonces me lancé al suelo y le derribé. Mi hermano se levantó del suelo y entre los dos logramos dejarlo fuera de juego.

Salimos a la carrera hacia el gran recibidor.

—¿Dónde están? —preguntó Mike, tocándose todavía las magulladuras del cuello.

—Miremos arriba —le dije.

Mientras subíamos las escaleras, escuchamos cómo se acercaban más gruñidores. Registramos las habitaciones hasta llegar a una gran biblioteca. Allí estaban el sacerdote, Don Armando y Susi, que parecía medio inconsciente.

—Veo que no te das por vencido —dijo el jefe de los gruñidores.

Escuchamos pasos a nuestra espalda y cuando me giré, vi a una docena de gruñidores que comenzaba a avanzar hacia nosotros.

—Mira lo que voy a hacer con tu novia —dijo Don Armando, comenzando a apretar el cuello de Susi.

Ella abrió los ojos e intentó quitar las manos de su cuello, pero no tenía fuerzas. Comencé a sentir rabia y odio por ese ser inmundo. Entonces me acordé de las palabras del sacerdote. No debía odiar ni tener ningún tipo de sentimiento maligno.

El jefe de los gruñidores debió de percibir que su fuerza comenzaba a declinar. Al no sentir odio hacia él, perdía poder sobre nosotros y sus lacayos.

En mi mente ordené a los gruñidores que le atacaran. Ellos titubearon, como si mis órdenes se contradijeran con las de su jefe, pero al final se dirigieron hacia él y el sacerdote, que había sacado una pistola para dispararnos. El jefe de los gruñidores me miró sorprendido, pero no soltó a Susi, que comenzaba a amoratarse.

Mike dio un salto y derribó al sacerdote; yo hice lo mismo y caí sobre el jefe de los gruñidores, que estaba intentando resistir el ataque de sus propios lacayos.

—¡Maldito! —gritó Don Armando.

Tenía su cuello entre mis dedos y comencé a apretar. A medida que ahogaba al jefe de los gruñidores, noté cómo la ira iba dominando mi cuerpo. Una especie de nube negra comenzó a salir por su boca, como si aquel mal espíritu buscara un nuevo lugar para anidar, y yo parecía su mejor opción.

«Señor, ayúdame», dije en mi mente. Entonces comencé a aflojar mis manos. Me puse en pie y me aparté de Don Armando.

Los gruñidores, liberados de la tiranía de su amo, se lanzaron sobre él ferozmente. Yo levanté a Susi y la saqué de la habitación en brazos. Mi hermano Mike soltó al sacerdote y me siguió. Entonces escuchamos un fuerte alarido, que hizo que nos giráramos. El diablo había entrado dentro del sacerdote.

Mike lanzó una de las antorchas que iluminaba la estancia sobre las cortinas polvorientas. Comenzaron a arder, y el fuego se extendió rápidamente a las estanterías de libros, creando una barrera entre nosotros y el sacerdote. Nos lanzó una mirada de odio, pero se quedó quieto mientras el fuego comenzaba a crecer por sus piernas.

Salimos corriendo de la villa. Las llamas devoraban las viejas maderas de las paredes, las telas harapientas de las cortinas y las raídas alfombras. El aire fresco de la noche logró despejarnos. Dejé a Susi en la parte trasera del todoterreno y me senté delante. Mike se puso a mi lado; estaba intentando arrancar el auto cuando vi en mi ventanilla la cara medio quemada del sacerdote. Pisé el acelerador, pero el auto no respondía.

—No puedes hacer nada contra nosotros, diablo —dije al gruñidor, y este se revolvió como si mis palabras fueran como latigazos.

—No lo conseguirás. Nosotros triunfaremos —dijo el sacerdote con una voz estridente.

El auto arrancó y salimos a toda velocidad de la finca. Cuando miré por el retrovisor, aún pude contemplar la figura siniestra del sacerdote, que resplandecía delante de la casa en llamas.

Llegamos al pueblo, y dejando el auto en marcha me bajé a toda prisa.

—¿A dónde vas? —preguntó Mike.

—Sam, tenemos que sacarle de aquí —dije mientras entraba en el consultorio.

Miré dentro de la primera sala, pero no lo encontré; después fui a la otra habitación y lo vi tumbado en la cama, tapado con las sábanas. Cuando lo destapé para tomarlo en brazos, me miró con su rostro desfigurado. Ya no era humano. Me aparté y salí corriendo hacia el todoterreno.

—¿Qué ha pasado? —me preguntó Mike al ver que volvía solo.

—Nada —dije acelerando el vehículo.

Las ruedas levantaron una gran polvareda; era de noche y los focos apenas alumbraban las calles empedradas. Cuando salimos a la carretera respiré aliviado. Cuanto más rápidamente nos alejáramos de allí, antes olvidaría todo lo que había pasado.

Mientras el auto recorría las verdes montañas hacia la ciudad de Guadalajara, oraba en mi interior para que llegáramos cuanto antes a Estados Unidos. El mal estaba en todas partes, pero tenía la sensación de que era allí donde se decidiría la batalla crucial.

PARTE II:

OSSACHITE

AMECA

LA NOCHE PASÓ RÁPIDAMENTE. LLEVÁBAMOS cuatro horas de viaje, pero apenas habíamos intercambiado algunas palabras. Una vez más, los pequeños intentos del ser humano para conseguir rehacer la vida fracasaban. Todo lo que el padre Ramiro había conseguido ya había dejado de existir, aunque al menos una cosa sí permanecería además de su buen ejemplo: yo había aprendido algo más sobre los gruñidores y la manera de enfrentarnos a ellos.

Miré el indicador del combustible y me di cuenta de que no llegaríamos mucho más lejos. Necesitábamos encontrar gasolina urgentemente.

—¿Cuál es la ciudad más próxima? —pregunté a mi hermano, que estaba medio adormecido a mi lado.

Mike refunfuñó. Llevábamos algunas horas sin comer y no habíamos dormido demasiado, y lo que menos le apetecía era mirar el mapa.

—La ciudad de Ameca —dijo después de mirar el mapa de reojo.

—¿Está muy lejos?

—Quedan un par de horas de camino —contestó.

—Espero que nos llegue con la gasolina que tenemos —le comenté.

—Deberíamos buscar algún medio de transporte que nos asegurara la fuente de energía —dijo Mike.

—¿Y qué aparato recomiendas? —le pregunté.

—Algún auto eléctrico —dijo incorporándose en el asiento.

—Lo complicado sería encontrar algún lugar en el que recargarlo —le comenté.

Mi hermano frunció el ceño. Siempre tenía la sensación con él de que quería tomar sus propias iniciativas, pero que mis comentarios le frustraban.

—Lo siento, Mike, pero no es tan sencillo continuar con el viaje. Tenemos que improvisar constantemente. Por eso, algunas ideas pueden hacerse y otras no —le comenté.

—Tú siempre crees que tienes las mejores ideas y que eres el líder, pero nos has metido en muchos líos. Patas Largas y Mary están muertos. No sabemos dónde se encuentra Katty y a nosotros nos has perdido varias veces. ¿De veras crees que haces todo tan bien? —preguntó Mike enojado.

Agaché la cabeza e intenté no tomar en cuenta sus comentarios. Nuestros hermanos son las personas que mejor nos conocen, y saben exactamente dónde nos harán más daño. Mike se dio cuenta enseguida de que se había sobrepasado, pero era demasiado orgulloso para reconocerlo.

Yo sabía que en parte tenía razón. Durante estos meses había hecho muchas cosas mal; de algunas de ellas había aprendido, pero en el mundo en que vivíamos los errores se pagaban con la vida.

Estuvimos el resto del viaje en silencio, y al fin llegamos a las afueras de Ameca. La ciudad estaba en una fértil llanura muy cerca de Guadalajara. Se veían varios polígonos industriales, y sin duda era más rica que las otras ciudades de la sierra. Las posibilidades de encontrar combustible y alimentos se multiplicaban, pero también las de encontrar gruñidores.

Susi continuaba durmiendo en la parte de atrás, por eso cuando nos detuvimos al lado de una estación de servicio, pensé que era mejor no molestarla.

—Voy a comprobar si hay combustible —le dije a Mike bajando del todoterreno.

—Voy contigo —comentó.

—Pero Susi está sola —le dije.

—Cierra la puerta. No tardaremos mucho —dijo mientras bajaba del vehículo.

Nos acercamos a los surtidores y metí la barra para medir la gasolina. El depósito estaba totalmente seco. Continuamos un rato a pie. La mayor parte de la calle estaba ocupada por pequeñas industrias y viejos restaurantes de carne. Me hubiera encantado comer un buen chuletón, pensé al ver los dibujos de las fachadas.

—No creo que haya ningún centro comercial grande ni más gasolineras —dijo Mike después de que camináramos unos diez minutos.

—Pues tenemos que conseguir gasolina. No nos llega para la próxima ciudad —le comenté.

Estábamos a punto de darnos la vuelta cuando vimos al fondo de la calle un edificio de forma circular. Nos adentramos en la calle, más por curiosidad que por otra cosa. Cinco minutos más tarde estábamos enfrente del edificio.

—¿Qué es esto? —preguntó Mike.

La fachada encalada de blanco estaba algo desconchada, había unas taquillas para vender entradas, y en un cartel de azulejos blancos y azules ponía un nombre.

—Creo que es una plaza de toros —le comenté.

—¿Una plaza de qué? —preguntó Mike.

—De toros, aquí torean a los animales y luego los matan —le comenté. Lo había visto hacer algunas veces por la televisión. Sabía que era una costumbre que los españoles habían traído a América.

—Qué salvajada —dijo Mike.

—Bueno, nosotros los montamos y luego nos los comemos a la parrilla —le comenté.

—No es lo mismo que matarlos para divertirse —contestó.

Mientras discutíamos sobre el asunto debajo de la sombra de un limonero, no nos dimos cuenta de que algunos hombres nos observaban desde una de las calles cercanas. Estábamos a punto de irnos, cuando aquellos desconocidos nos salieron al paso armados hasta los dientes. No parecían tener muy buenas intenciones, pero eso lo comprobamos un poco más tarde.

LA CORRIDA

DUDÉ POR UNOS MOMENTOS. NO podíamos enfrentarnos a ellos, pero tampoco salir corriendo. Además estaba Susi; ella al menos se encontraba a salvo. Desde la noche anterior parecía muy cansada, como si Don Armando le hubiera absorbido toda la energía. Lo mejor era hablar con los cuatro chicos y que nos dejaran marcharnos por donde habíamos venido.

—¿Qué hacen aquí dos gringos? ¿No saben que ha llegado el maldito fin del mundo? —preguntó el que parecía el cabecilla, un chico moreno con bigote y unos grandes ojos verdes.

—No queríamos molestar a nadie —le comenté.

—Pues me molesta que dos gringos estén merodeando por nuestra ciudad. ¿Verdad chicos? —dijo a sus compañeros.

Estos afirmaron con la cabeza, y yo presentí que no nos dejarían marchar. Querían divertirse a nuestra costa, y debíamos seguirles la corriente hasta que viéramos la oportunidad de largarnos.

—Desármenlos —dijo el jefe.

Dos de los chicos nos quitaron las armas, mientras el jefe y otro de ellos no dejaban de apuntarnos. Después hizo un gesto para que nos dirigiéramos a la plaza de toros.

—Querían ver lo que hay dentro de la plaza, ¿verdad? —preguntó el jefe cuando atravesamos la entrada.

No le contestamos, pero él y sus compañeros nos llevaron por un pasillo hasta una de las entradas de la plaza. Cuando salimos a la luz del día, tuve que taparme los ojos un instante para poder ver. La plaza era completamente redonda. Cubierta de arena y rodeada con valla de madera pintada de rojo. Los graderíos estaba vacíos, pero en el ruedo había algún cuerpo disperso pudriéndose al sol.

—Bonita, ¿verdad? —preguntó el jefe.

Afirmé con la cabeza, pero antes de que nos pudiéramos dar cuenta, me empujaron hasta la parte más baja. Mi hermano se quedó en los graderíos con los otros dos chicos.

—Ya no hay toros, pero los humanos que hemos quedado tenemos otras maneras de entretenernos —dijo el jefe, después de soltar una carcajada.

Cuando miré para arriba, vi que en diferentes partes de la plaza había gente sentada. Como si alguien les hubiera avisado del espectáculo.

CAPÍTULO XXI

UNA BUENA FAENA

CUANDO ESTUVE EN LA MITAD del ruedo, intenté buscar las posibles vías de escape. Únicamente había tres burladeros, los lugares en los que se refugiaban los toreros de los toros y la entrada de los toros. Salir por los burladeros no parecía una buena opción, ya que había que subir por las gradas y esquivar a varios de los chicos antes de llegar a los pasillos. La puerta principal era la otra opción, pero permanecía cerrada.

—El juego es muy sencillo. Tendrás que enfrentarte a tres monstruos con tus propias manos. Si consigues vencerlos, te dejaremos libre. Si te matan o hieren, serás su comida —dijo el jefe de los chicos.

Mis posibilidades de vencer con las manos a los gruñidores eran escasas, sobre todo si eran muy corpulentos. Pero no me quedaba otra alternativa que intentar ganar, mientras buscaba un plan. Miré hacia mi hermano. Mike estaba rodeado por tres tipos armados. Tampoco parecía muy fácil que él lograra escapar.

El jefe de los chicos me dejó solo en mitad de la plaza. Contemplé los cuerpos moribundos sobre la arena y después escuché el chirrido de las puertas al abrirse.

De las sombras salió uno de los gruñidores más grandes que había visto en mi vida. Era de casi dos metros de altura, de espaldas anchas y cuello de toro. Vino hacia mí corriendo, como si llevara un mes sin probar bocado. La única ropa que llevaba era un pequeño pantalón corto de futbolista. Su torso desnudo mostraba unos músculos duros pero ajados, con la piel caída, dejando a la vista algunos músculos.

Cuando estuvo frente a mí, bufó como un toro. Pensé que me iba a embestir, pero se limitó a mirarme a los ojos, intentando amedrentarme, y la verdad es que lo consiguió.

Por unos segundos eché un vistazo a mi alrededor. No veía nada con lo que defenderme, hasta que me fijé en algo que brillaba en la cintura de uno de los cadáveres. Me lancé a un lado y saqué la correa de la cintura putrefacta del muerto.

El gruñidor me miró con curiosidad, pero sin inmutarse. Después me puse en pie con la correa en la mano y esperé el ataque.

El gruñidor se lanzó sobre mí con toda su fuerza, pero logré esquivarlo y golpearle con la correa en la espalda. El monstruo se quejó, pero se limitó a darse la vuelta y fruncir el ceño. Aquel gesto resaltó aun más la cara de zoquete del gruñidor.

Después de lanzar un gruñido, golpeó los puños y se lanzó de nuevo sobre mí. Le golpeé con la hebilla en la cara y uno de sus ojos estalló como un globo. El monstruo dio un alarido y se tapó la herida con las manos.

Ahora parecía realmente furioso; arremetió contra mí con todas sus fuerzas y me derrumbó. Se puso sobre mi pecho y comenzó a ahogarme con las manos.

El público comenzó a gritar de emoción, mientras yo notaba cómo la asfixia me debilitaba por momentos. Agarré de nuevo el cinturón y le golpeé otra vez en la cara, abriéndole una brecha en la frente, que dejó a la vista el cráneo del gruñidor.

El monstruo se tocó el rostro instintivamente y yo aproveché para volver a golpear al gruñidor. Le partí cuatro o cinco dientes, y el monstruo comenzó a sangrar por la boca.

Logré levantarme y, aprovechando que el gruñidor estaba de rodillas, le golpeé con todas mis fuerzas en la cabeza con la hebilla. Unos segundos más tarde, el monstruo agonizaba sobre la arena. Había superado la primera prueba.

Capítulo XXII

DOS POR UNO

EL JEFE DE LOS MUCHACHOS comenzó a aplaudir. Bajó hasta la arena y se acercó hasta mí, me levantó el brazo derecho en señal de triunfo, y con una sonrisa en los labios dijo al público:

—Siempre es un placer ver cómo un monstruo devora a un gringo, pero este ha superado la primera prueba. Mejor para nosotros, que disfrutaremos de la fiesta un poco más.

La gente comenzó a gritar de emoción. El público parecía enardecido por la sangre y la violencia, en eso el mundo seguía igual que antes de la Peste. La sed de violencia en el ser humano no tiene fin y es muy difícil saciarla. Mi padre siempre decía que desde el principio, el hombre ha sido un asesino en potencia. Caín mató a Abel, y desde entonces, la envidia, el odio, la codicia o simplemente el placer de hacer daño, había convertido al hombre en un ser peligroso.

—Para aumentar la intensidad del juego, y ya que hemos tenido la suerte de dar con un gringo valiente —dijo el jefe—, sacaremos a dos gruñidores a la vez. Algunos ya los conocen: los mellizos.

El jefe salió del ruedo cuando las puertas se abrieron de nuevo. Dos gruñidores más bajos que el anterior, pero igual de fuertes, aparecieron por la sombra de la puerta. Eran horriblemente parecidos; sus rostros desfigurados eran barbudos y llevaban una larga melena.

Miré mis brazos magullados y la correa en mi mano; era todo con lo que podía contar, pensé al principio, pero luego recordé que no. Le pedí a Dios que me ayudara a controlar la mente de los gruñidores; si lo conseguía, estaría a salvo.

Los dos mellizos se acercaron hasta mí. Sus bocas babeantes me revolvieron. Se comenzaron a reír mientras me señalaban con sus manos mugrientas y repletas de llagas.

Intenté concentrarme, pero era muy difícil con la gente gritando, el calor y dos monstruos a punto de machacarme.

—Dios mío —dije en un susurro.

Los dos mellizos se lanzaron a la vez sobre mí; afortunadamente eran muy torpes, y logré pasar entre los dos. Los mellizos se giraron y volvieron a atacarme. Golpeé al primero con la hebilla, pero el segundo logró darme un puñetazo que me derribó al suelo. Cuando los dos intentaron lanzarse sobre mí, rodé sobre la arena y me puse de nuevo en pie.

Los dos mellizos corrieron hacia mí; enrollé la correa en la pierna de uno de ellos y tiré. El monstruo se cayó al suelo. El otro intentó agarrarme por la camiseta, pero le golpeé en la nariz. Mientras uno estaba en el suelo y el otro intentando contener la sangre, me concentré. No sabía quién los dominaba en esa región, tampoco su fuerza, pero tenía que intentarlo.

Durante unos segundos pude ver en mi mente una ciudad grande, un edificio antiguo en una hermosa plaza cuadrada, un despacho grande y lo que debía de ser el señor de aquella región espiritual. Le reprendí en mis pensamientos, y cuando abrí los ojos, fue demasiado tarde.

Los dos gruñidores me derrumbaron y comenzaron a aplastarme con sus cuerpos deformes. Me aplastaban las costillas y me costaba respirar. Intenté mandarles mis órdenes, pero no parecía servir para nada. Entonces escuché cómo gritaba mi hermano:

—¡Recuerda, no es con espada ni con ejército!

Pensé en aquel viejo himno y lo intenté tararear; los gruñidores dejaron de aprisionarme. Ya estaban bajo mi voluntad.

Les mandé que subieran las gradas y liberaran a mi hermano. Los dos gruñidores corrieron escaleras arriba y derrumbaron a los pocos humanos que intentaron impedírselo. Mike les miró asustado, pero cuando los dos monstruos golpearon a los chicos, bajó corriendo hasta el ruedo.

El jefe de los chicos se puso en medio, pero los dos gruñidores le agarraron en volandas y lo lanzaron contra la valla. Después, los tres corrieron hacia mí. Escuchamos algunos disparos que silbaban a nuestro lado y levantaban la arena del ruedo. Corrimos hasta las puertas y entramos en la oscuridad.

Nuestros ojos tardaron unos segundos en acostumbrarse. Dos guardas custodiaban unos toriles, y al otro lado medio centenar de gruñidores esperaban su turno. Los dos gruñidores los desarmaron y los dejaron k.o. a toda velocidad; después abrimos los toriles y ordené a los gruñidores que detuvieran a los chicos.

Los dos gruñidores grandes nos siguieron, para servirnos de guardaespaldas. Cuando salimos a la calle, tuvimos que derribar a dos chicos más antes de tener el camino libre. Una vez en la avenida, corrimos hasta el todoterreno que habíamos dejado unas horas antes en la gasolinera, pero cuando entramos en el auto, vimos que Susi ya no estaba.

—¿Dónde está? —preguntó Mike.

—No lo sé, espero que esos tipos no la hayan tomado prisionera —le dije.

—¿Qué hacemos? —preguntó Mike.

Ordené a los gruñidores que subieran al auto y pisé el acelerador. Nos dirigimos a toda velocidad de nuevo a la plaza de toros. No nos podíamos ir sin Susi.

CAPÍTULO XXIII

UN MAL NEGOCIO

NO ERA LA PRIMERA VEZ que nos sucedía, pero tener que volver al sitio del que has escapado para intentar salvar a alguien era una verdadera pesadilla. Apreté el acelerador a sabiendas de que apenas me quedaba combustible. Cuando entramos en la calle que llevaba hasta la plaza, observamos a un grupo de gruñidores huyendo. Les ordené que se dieran la vuelta y detuvieran a los chicos que corrían tras ellos. Después pasamos a toda velocidad por delante de ellos y entramos en el centro de la plaza con el todoterreno.

El auto derrapó en mitad de la arena, y cuando la nube de polvo se disipó, pude ver al jefe de los chicos, rodeado de cuatro de sus esbirros y con Susi a su lado.

Nos bajamos del auto armados hasta los dientes, pero el jefe de los muchachos apuntó a nuestra amiga con una pistola y me dijo desde las gradas:

—No sé cómo lo has hecho, pero tienes algún tipo de misterioso poder para controlar a esos monstruos. Yo he conseguido atemorizarlos, pero nunca controlar su mente. Si me cuentas tu secreto, liberaré a la chica.

—Suéltala o terminaremos con todos ustedes. Podemos llamar a cientos de gruñidores para que vengan y no dejen una sola casa de esta ciudad en pie —le contesté.

—Ella morirá si intentas cualquier cosa. Creo que no querrás que le pase nada malo —me dijo mientras volvía a encañonar a Susi.

Mi amiga me miró con sus grandes ojos negros. Sabía que confiaba en mí.

—No puedo enseñarte ningún truco, porque lo que he hecho no se trata de ningún truco. Ese poder lo da Dios, pero únicamente lo entrega a aquellos que le sirven. Los humanos debemos unirnos para combatir el mal —le dije.

—En este pueblo desaparecieron todos los mayores y tuvimos que buscarnos cada uno las habichuelas. ¿Dónde estaba tu Dios entonces? El único dios al que sirvo está en mi mano —dijo señalando la pistola.

—Pero todo puede cambiar. Lo único que tenemos que hacer es intentarlo. El mal nos ha traído hasta esta situación, lo único que puede sacarnos de ella es el bien —dije mientras me acercaba un paso.

—No te acerques más. Será mejor que me digas cómo lo haces, el tiempo se les agota.

Estaba intentando pensar en la mejor manera de terminar con aquella situación, cuando una idea rápida surgió en mi mente. Ordené a varios gruñidores que subieran por la parte de atrás de las gradas.

—Está bien... —dije para ganar tiempo. Cerré los ojos como si estuviera concentrándome y esperé a que los gruñidores aparecieran por su espalda.

Cuando el grupo de monstruos salió de detrás de las gradas, los chicos se volvieron y comenzaron a disparar. Susi dio un codazo al jefe y corrió hacia nosotros. No había logrado bajar cuatro escalones, cuando el jefe la disparó a bocajarro. Corrí escalera arriba, mientras Susi comenzaba a desplomarse. Logré evitar que se cayera sobre los escalones de hormigón, pero en cuanto la abracé noté que se le escapaba la vida.

—Susi, por favor, no te mueras —le dije en un susurro.

—Tes, no te rindas. Tienes que conseguirlo, para que todas nuestras muertes no hayan sido en vano —dijo en un hilo de voz, después cerró los ojos y dejó de respirar.

Nunca había experimentado una mezcla mayor de tristeza, odio y frustración. Me puse en pie después de dejar el cuerpo suavemente sobre uno de los escalones. Miré al jefe de los chicos, y él me miró desafiante, con una sonrisa en los labios. Grité y me dirigí hacia él con toda mi rabia. El jefe de los chicos me apuntó, pero antes de que disparara, uno de los gruñidores le atrapó entre los brazos y le lanzó al vacío. Voló sobre mi cabeza y se estampó en los escalones de más abajo, partiéndose el cuello.

El resto de los chicos huyó. Ordené a los gruñidores que les dejaran en paz y levanté el cuerpo de Susi. Mike me abrazó y comenzó a llorar.

—Lo siento, Tes. Siento lo que te dije. Fui yo el que te traicioné y sé que has hecho todo esto por nosotros. Uno a uno has ido perdiendo a tus amigos, pero no es culpa tuya. Lo siento, hermano.

Sus palabras no me consolaron. Me limité a llevar a mi amiga en brazos hasta el todoterreno, después nos dirigimos a un cementerio y enterramos a nuestra amiga. Los gruñidores nos seguían a todas partes, como si fueran robots. Buscamos algo de comida y gasolina, y salimos de aquella ciudad.

—Nos siguen todavía —dijo mi hermano señalando a los gruñidores.

—No importa —le contesté—, puede que los necesitemos más adelante.

En mi mente veía cómo se reía aquel hombre que había visto. Seguro que nos estaba esperando. Sabía que al quitarme a Susi, me había vencido en parte. Ya no tenía ganas de seguir luchando. La vida para mí ya no tenía sentido.

CAPÍTULO XXIV

LA PERLA TAPATÍA

ESTUVE TODA LA NOCHE CONDUCIENDO sin parar. Llevaba dos días sin dormir ni comer, pero mi cuerpo parecía inmune al cansancio. Pensé evitar la ruta hacia la ciudad de Guadalajara. Sabía que el jefe de los gruñidores de esa zona estaba en la ciudad, pero al final opté por la vía más rápida y directa.

Cuando el sol salió justo delante de nosotros, los hermosos colores que comenzó a dibujar a mi alrededor me fueron totalmente indiferentes. El dolor me anestesiaba frente a la vida. Creía que ya no volvería a sentir nada. La pena era una sensación física, parecía como si me hubieran arrancado el corazón del pecho.

Miré a mi hermano, que dormía a mi lado. Él era la única razón que me ataba a la vida. Todas las personas a las que había amado estaban muertas o desaparecidas. Le preguntaba a Dios en mi mente por qué había permitido que mataran a Susi. Ella era inocente, incapaz de hacer daño a nadie. No era justo, pensaba mientras me quitaba las lágrimas de los ojos.

A media mañana comenzamos a llegar a las afueras de Guadalajara. Al principio eran casas dispersas y algunas pequeñas empresas. Cuando llegamos al centro de la ciudad, intenté orientarme para tomar la carretera 54 hacia Zacatecas.

Mike se despertó cuando ya estábamos entrando por el oeste de la ciudad, se estiró y miró con curiosidad los edificios.

—¿Has comido algo? —preguntó.

A su edad el apetito era insaciable, pero la verdad es que yo tenía un nudo en el estómago.

—Come tú algo —le contesté.

—Llevas dos días sin comer. No puedes continuar así —me dijo. Después abrió unas latas y me puso una sobre las piernas.

—Quita eso —le dije enojado.

—Para, tienes que comer algo.

Paramos en una calle llamada Avenida Acueducto, junto a un centro comercial y un casi destruido Burger King. Aquel viejo restaurante me recordó a casa. Pensé en las veces que habíamos ido con mis padres al pueblo más grande de la comarca, para poder tomar una hamburguesa. Mi padre decía que era comida basura, pero nosotros la veíamos constantemente anunciada en la televisión. Añoré aquella época en la que lo más importante era cuidar el colesterol, no ganar peso e intentar sacar buenas notas en la escuela. Aquello sí que era una buena vida. Aún no entendía cómo podía haberme quejado alguna vez de todo lo que tenía. Imagino que el ser humano nunca está conforme con lo que posee y que tiene que perderlo todo para entender su verdadero valor.

—¿Crees que habrá alguna hamburguesa? —bromeó Mike.

—Sí, claro. Momificada —le contesté.

—Ya no me acuerdo de su sabor —dijo mi hermano mientras apuraba la latas de espárragos. Aún nos quedaba comer otra de guisantes.

—Pues sabían bien, aunque la verdad es que yo tampoco me acuerdo mucho —le contesté.

—¿Cuánto queda para Monterrey? —preguntó Mike

—Queda mucho. Apenas hemos recorrido un tercio del camino, pero desde allí a San Antonio, Texas, es poco trayecto —le comenté.

—Es una tontería, pero tengo ganas de regresar a nuestro país, aunque realmente ya no quede casi nada de él. Uno pertenece a un sitio y, aunque a veces reniegue de él, continúa formando parte de tu vida —dijo Mike.

Apuramos la comida y tomamos de nuevo la carretera. La autopista estaba bastante limpia y no se veían muchas casas destrozadas. Yo quería alejarme cuanto antes de la ciudad, pues notaba la presencia de aquel maligno demonio. No me sentía preparado para enfrentarme a él; después de la muerte de Susi, mi fe se había visto seriamente afectada.

Tomamos la salida para ir por la 54, pero justo en el cruce vimos una especie de control. De lejos no se podía percibir si eran humanos o gruñidores, pero decidí dar la vuelta e ir por alguna carretera paralela. Apenas había comenzado a girar, cuando un auto de policía se puso justamente delante de nosotros, mientras hacía sonar su potente sirena.

EL GOBERNADOR

AFORTUNADAMENTE, CUANDO LOS POLICÍAS SE acercaron observamos que eran humanos. Aquello no era una garantía, y menos ahora que había logrado manipular la mente de los gruñidores. Los dos policías se bajaron de su vehículo después de detener la sirena y se aproximaron a nosotros con sus lentes de espejo tapándoles los ojos.

—¿A dónde se dirigen? —preguntaron muy educadamente.

—Vamos a Monterrey —le contesté en mi mal español.

—¿Saben que llevamos años en emergencia nacional? No se puede viajar sin permiso del gobernador. La Peste está por todo el país, pero en esta zona hemos logrado evitarla —dijo el policía.

A pesar de su aspecto humano, había algo en aquellos individuos que me inquietaba. Su cara era normal, pero sentía algo inexplicable, como una especie de opresión en el pecho.

—¿Pueden darnos ustedes ese permiso? Somos ciudadanos norteamericanos —le comenté.

—Lo siento, pero tendrá que acompañarme a la municipalidad —contestó el policía.

Lo cierto era que no tenía fuerzas ni ganas de contradecirle. Por un instante pensé en apretar el acelerador e irme a toda velocidad, pero no hubieran tardado en alcanzarnos. Eran humanos y parecían bastante civilizados.

Les seguimos por las rectilíneas calles de Guadalajara. Era una ciudad bien organizada y trazada, como si la hubieran hecho con escuadra y cartabón. En el interior de la almendra central había algo de movilidad. Se veían autos y transeúntes. Aunque se percibía algo extraño en el ambiente, algo que no podía explicar, pero que se podía palpar.

Mike iba a mi lado en silencio, mirando las calles y haciendo algún gesto ante algún edificio hermoso. Era curioso que en la ciudad los edificios más bellos estaban dispersos en calles muy transitadas, como si los habitantes hubieran pensado al construirlos que no tenían nada que demostrar a los visitantes.

Nos detuvimos justo enfrente de la municipalidad: un pequeño pero hermoso edificio de estilo clásico. Al otro lado de la plaza estaba la catedral y algunos edificios antiguos. Justo pegadas a la plaza, con bellas fuentes, había varias carrozas de paseo. Los caballos tenían los ojos tapados, como si los protegieran del tráfico y quisieran evitar que se asustaran.

El auto de policía se detuvo; uno de los agentes llegó hasta nuestro auto y nos pidió que saliéramos y entráramos en el edificio.

Nos escoltaron hasta la primera planta, y en el camino vimos a mucha gente resolviendo sus asuntos. Mike se fijó en un detalle, que por ser tan evidente nos había pasado desapercibido hasta ese momento.

—¿Te has dado cuenta de que todo el mundo lleva lentes de sol? —me dijo mi hermano al oído.

—Sí, posiblemente la luminosidad en este lugar sea tan alta, que el sol es muy dañino a la vista —le contesté.

—Pero ¿también dentro de los edificios? —dijo Mike intrigado.

Uno de los funcionarios nos llamó, nos pusimos en pie y le seguimos. Entramos por una puerta abatible de madera, después atravesamos otras dos hasta llegar a un gran portalón. El funcionario llamó y unos segundos más tarde, abrió la puerta.

—Señor gobernador, dejo con usted a los viajeros norteamericanos.

Entramos en el despacho y el funcionario cerró la puerta detrás de nosotros. El mobiliario era muy antiguo, pero se encontraba en perfecto estado.

—Por favor, tomen asiento —dijo el gobernador sin levantarse de la silla.

—Gracias —dije en español.

—Perdonen las molestias, pero no es muy común ver a ciudadanos norteamericanos por esta zona, desde que ocurrió la Peste. Los últimos que vimos fue hace cinco años; al parecer tenían un plan para encontrar una cura y que todos los gobiernos del mundo nos uniéramos, pero ya saben que cuando los gringos hablan de unirse, quiere decir que todos nos sometamos a ellos —dijo el gobernador sin dejar de sonreír. Sus labios carnosos, la papada y la calvicie le hacían parecer mayor de lo que realmente era, pero sus ojos estaban cubiertos también por lentes de cristal.

Me molestó mucho su comentario, pero como estábamos en su despacho y en su territorio, pensé que era mejor llevarle la corriente y salir de allí lo antes posible.

—¿Puede darnos los pases para salir de la ciudad? —le pregunté sin más rodeos.

En ese momento no entendía que en algunas culturas lo que para mí era ir al grano, para ellos era comportarse de una manera arrogante y maleducada.

—Sé que tienen prisa, pero aquí nosotros ponemos las normas. Tendrán que rellenar unos formularios y hacerse unas pruebas que demuestren que no tienen la peste —dijo el gobernador.

—¡Unas pruebas! —dijo Mike, alzando la voz.

—Sí, unas pruebas médicas —dijo el gobernador sin llegar a alterarse.

Posé mi mano en el brazo de Mike, para que se tranquilizara. Ponerse de esa manera no nos facilitarías las cosas.

—Está bien —le dije. Después le pregunté: —¿Pueden hacerlas lo más rápidamente posible?

—Hay un procedimiento, pero no creo que tarden más de tres o cuatro días —contestó el gobernador

—¿Tres o cuatro días? —preguntó Mike.

—¿Dónde podemos quedarnos mientras tanto? —pregunté al gobernador.

—Les hemos buscado un sitio cerca de la municipalidad. Una familia muy amable está dispuesta a acogerles. Entiendan que en nuestra situación actual los hoteles no están abiertos. Esta era una ciudad empresarial y de eventos, pero todo eso está cerrado —dijo el gobernador.

—Muchas gracias, excelencia —le contesté.

—La policía les llevará a la casa. Esta noche o mañana pasaré para visitarles y comprobar que están a gusto —dijo el gobernador.

—Es muy amable —le contesté.

Nos pusimos en pie y salimos del despacho. Fuera estaban los dos policías que nos habían detenido en la autopista. Cruzamos los largos pasillos, bajamos a la planta principal y caminamos por la avenida hasta una gran casa en la Plaza de Belén.

El gran portalón daba a un patio interior, y dentro decenas de plantas adornaban los corredores y una pequeña fuente refrescaba el ambiente. Nos recibió un criado, que tomó nuestro ligero equipaje y nos llevó hasta nuestras habitaciones.

Todo aquello hubiera sido una agradable estancia y una aventura, si no estuviéramos en un mundo en el que ese tipo de cosas no sucedían. Nos acomodamos en la misma habitación y nos aseamos un poco. Después dormimos sobre las colchas blancas de las camas. Mi mente no dejaba de dar vueltas a los últimos días; cada vez que recordaba a Susi, me costaba creer que ya no estuviera conmigo, y por eso intentaba apartar el pensamiento de mi mente.

Estábamos en guardia, aunque a veces los imprevistos hacen que termines bajando la guardia y cayendo en la trampa que te habían tendido tan cuidadosamente.

CAPÍTULO XXVI

LA FAMILIA RUIZ

CUANDO ME DESPERTÉ YA ERA de noche. Parecía que había pasado un segundo, pero se nos había ido medio día. En aquel momento descubrí que por alguna razón el sueño no cura de la pena, como si en mitad de las fantasías nocturnas la mente lograra volver a poner en su lugar todos esos archivos destruidos o mal colocados en nuestra mente.

Mike no estaba a mi lado. Me inquietaba cada vez que perdía de vista a alguno de mis amigos, pero más desde que mi hermano era lo único que me quedaba en esta tierra maldita y abandonada.

Me puse la ropa: un pantalón largo y una ligera chaqueta de lino. La noche era calurosa, aunque en la estancia se estaba bien. Abrí la puerta y caminé por uno de los corredores de la segunda planta que daba al patio. No encontré a nadie por el camino, como si estuviera en una casa fantasma. Corría una ligera brisa que perfumaba el ambiente y arrancaba a las flores de las enredaderas su aroma característico.

Bajé por la escalinata hasta la primera planta y me encontré con uno de los criados. Continuaba con sus lentes de sol a pesar de ser de noche y de la penumbra en que estaba envuelto el patio.

—Señor, le esperan en el comedor —dijo el hombre indicándome el camino.

Recorrimos un pasillo repleto de retratos de los antepasados de los dueños de la casa; todos parecían médicos, por lo que deduje que el dueño también lo sería.

Cuando entré en la sala ricamente adornada con cortinas de terciopelo rojo, candelabros de oro, un par de muebles en los que se exhibía la vajilla y una gran mesa con doce sillas, mi hermano parecía hablar amigablemente con una chica de su edad. Al otro lado estaba una mujer mayor, pero también muy bella, y un hombre elegante con el cabello peinado hacia atrás y un prominente bigote.

—¿Ya se ha despertado? Imagino que se encuentran agotados del viaje, por eso no quisimos despertarle. Ya conocemos a su hermano Mike, y nos ha contado por encima todas las peripecias que han tenido que pasar hasta llegar aquí —me dijo el hombre en un correcto inglés.

—Muchas gracias por su hospitalidad, pretendemos abusar de ella el menor tiempo posible —le contesté.

—Es un honor, por favor siéntese —dijo el hombre.

Nos sentamos a la mesa y no pude evitar mirar más detenidamente a todos los comensales. La chica tenía un hermoso cabello rubio y rizado, su piel era pálida y a ratos rosada. Tenía una esbelta figura que se percibía en su vestido ligero de verano. La madre era de cabello castaño y de una belleza muy parecida a la de su hija, aunque más madura. El hombre tenía el cabello castaño, pero las sienes totalmente blancas.

—¿Dónde aprendió a hablar un inglés tan perfecto? —le pregunté.

—Estudié medicina en Harvard. En eso rompí la tradición familiar de estudiar en la universidad de nuestra ciudad. Nuestra familia fundó Guadalajara con el explorador español Nuño de Guzmán. Mi antepasado ya era un galeno que vino con la expedición de 1521 —dijo el doctor Ruiz.

—¿Un galeno? —preguntó mi hermano, que parecía muy animado conversando con la joven, pero también prestaba atención a nuestra conversación.

—Un galeno es como antiguamente se llamaba a los médicos, en honor a Galeno de Pérgamo, al que se le considera el primer médico moderno —dijo el doctor Ruiz.

—Qué interesante —comentó Mike.

—Mi padre es una enciclopedia andante —comentó la joven.

Me impresionó ver tan integrado a Mike. Mi hermano no tenía un carácter fácil, y era por naturaleza desconfiado.

—En aquella expedición para conquistar y explorar el occidente de Nueva España, Guzmán trajo un poderoso ejército de españoles y mexicanos. Cuando los indios de esta zona fueron derrotados, Guzmán llamó a la ciudad Guadalajara —siguió contándonos el doctor Rodríguez.

—¿Guadalajara era el nombre de alguna ciudad en España? —le pregunté.

—Sí, era costumbre bautizar a las ciudades y regiones con los nombres de la metrópoli. Algo parecido sucedió en Estados Unidos —explicó el doctor.

Nos comenzaron a servir una cena suculenta. Una crema de espárragos, después un gran filete de carne de ternera con una exquisita salsa de tomate.

—Los vecinos de esta ciudad siempre hemos sido muy peleones. La cambiamos en cuatro ocasiones de lugar, porque los funcionarios del rey querían aprovecharse de nosotros y no nos concedían nuestros derechos. Al final, 63 españoles, entre los que se encontraba mi padre, fundaron la ciudad aquí, en el Valle de Atemajac; era el año 1542 —nos contó el doctor Ruiz.

—Querido, a estos muchachos seguramente no les interesan esas historias viejas. Son cosas de familia, pero los jóvenes de hoy en día piensan en otras cosas y, sobre todo en este mundo tan diferente.

Miré a la mujer. Pensé cómo serían sus ojos, que permanecían ocultos tras los lentes de sol. Pensé en preguntarles la razón por la que los llevaban puestos en plena noche, pero sabía que aquel amable doctor terminaría por contármelo cuando llegara el momento.

—Una mujer llamada Doña Beatriz Hernández fue la que impidió un nuevo cambio de ubicación de la ciudad. Poco a poco, las condiciones de vida fueron mejorando y, en 1560, la ciudad ya era la capital de la provincia de Nueva Granada. En la zona comenzó a practicarse la cría de ganado, por los buenos pastos y la agricultura. Aquí no había grandes riquezas de oro o plata, lo que muchas veces es una ventaja. Cuando el hombre no tiene facilidades es cuando más se las ingenia para sobrevivir. Por eso los habitantes de Guadalajara somos tan emprendedores —dijo el doctor con orgullo.

—De donde somos nosotros, Ione en el estado de Oregón, la tierra también es dura, pero nuestro oro son los árboles y no se ha desarrollado mucho el estado. El clima es muy duro y muy pocos lo resisten, la mayoría prefiere vivir en la costa y la zona sur del país —le comenté.

—La tierra termina por forjar el carácter. Igual que el viento poco a poco pule las montañas y el río los riscos, los hombres son forjados por su destino, y la tierra que los rodea les convierte en lo que son —dijo el doctor Ruiz.

Tomamos un delicioso postre. Estaba muy dulce, pero su azúcar logró animarme un poco, como si necesitara recargar las pilas. Después el doctor continuó contándome la historia de la ciudad.

—Guadalajara fue fundamental en la Guerra de Independencia contra España. De aquí era el famoso cura Hidalgo, que declaró la abolición de la esclavitud. Esta zona siempre fue liberal y próspera. En el siglo XX se crearon las zonas industriales, y nos convertimos en la segunda ciudad más importante de México después del DF. Hasta que llegó la Peste, pero aun ahora estamos sobreviviendo. Le cuento esto para hacer la historia corta —dijo el doctor Ruiz sonriendo.

Me quedé unos segundos en silencio; no sabía cómo hacerle algunas preguntas sobre la situación actual sin parecer impertinente. Al final, el doctor dio la comida por terminada y los hombres nos retiramos a un salón cercano, mientras las mujeres se retiraban a otro.

—Le pareceremos muy anticuados —dijo el doctor Ruiz.

—Está en su casa, y no vendré yo para decirle cómo tiene que hacer las cosas —le comenté.

—Muy sabia respuesta. Hay cosas que no me gusta hablar delante de mi mujer y mi hija. El mundo ha cambiado mucho y se ha vuelto muy peligroso —se explicó el doctor Ruiz.

—Naturalmente —le dije.

Mike no parecía tan convencido por las explicaciones del doctor, pero no se quejó. Nos sentamos en unos grandes butacones color burdeos y estuvimos callados hasta que el doctor volvió a tomar la palabra.

—Imagino que tienen muchas preguntas —dijo sonriente.

Ese era el momento adecuado para que nos aclarara algunas cosas. Me eché para adelante, con los brazos apoyados en las rodillas, y le dije:

—Hay muchas cosas que nos han sorprendido. Lo primero es que los adultos no parezcan infectados, tampoco hemos visto a gruñidores y nos choca que lleven puestos siempre esos lentes.

El hombre apoyó su mentón en la mano, como si estuviera meditando la contestación, y después nos contestó:

—Esa historia puede que sea tan fascinante o más que la que les he contado. Permítanme que comience por el principio.

CAPÍTULO XXVII

LA PESTE LLEGA A GUADALAJARA

EL DOCTOR RUIZ SE PUSO en pie y tomó de una mesa lo que parecía un iPad. Después dio a un botón, y las imágenes se proyectaron en una de las paredes de la estancia.

—La llegada de la Peste fue tan traumática como en otros sitios. Cada día enfermaban cientos de personas, y los hospitales y las clínicas estaban colapsados. Al poco tiempo desapareció gente, y también se veían cadáveres por la calle y los primeros monstruos, que inmediatamente eran encerrados. La producción de alimentos se detuvo, la Bolsa cayó y la gente comenzó a asaltar los supermercados y los centros comerciales. Si las autoridades no hacían algo, la ciudad se convertiría en un caos. Entonces llegó a la ciudad el gobernador y todo cambió —dijo el doctor Ruiz.

—¿En qué sentido cambió? —le pregunté intrigado.

—En todos los sentidos. Invirtió en seguridad, y después comenzó a fomentar la investigación de la enfermedad. En ese momento yo era un médico muy conocido en Guadalajara por mis estudios sobre el ADN y la herencia genética. Un día me llamó y me pidió que me incorporara a la investigación. Yo no tenía mucha fe en que pudiéramos dar con un remedio, pero debíamos intentarlo —nos dijo.

Mientras pasaba las imágenes, veíamos cómo la ciudad mejoraba por momentos. Todo el mundo parecía feliz; pero en un momento, en las imágenes la gente comenzó a aparecer con lentes de sol.

—¿Cómo dieron con la cura? —preguntó Mike.

—Pues, como en otro casos, fue una mezcla de constancia y casualidad. Estábamos muy cerca de descubrir qué causaba la enfermedad y cómo neutralizarla, cuando en uno de los cultivos vimos que la información que vamos acumulando en nuestros genes a lo largo de milenios, tiene que ver con lo que aprendemos. Nuestro comportamiento continuado puede cambiar los genes. También descubrimos una especie de bacteria que, modificada, corregía algunas de la anomalías que producía la Peste. Experimentamos con varios enfermos y mejoraron notablemente. Un mes después, estaban vacunando a toda la población —dijo el doctor Ruiz.

—Pero ¿no ofrecieron la cura a otras partes del país o del mundo? —le pregunté.

—Cuando quisimos hacerlo, el gobierno federal había desaparecido y lo único que existían eran mini estados caóticos gobernados por chicos o monstruosos conglomerados de monstruos, que atacaban a los humanos que quedaban. Nos encontramos aislados, y en todos estos años no hemos visto humanos de fuera de México. Creíamos que casi todos habían muerto —nos explicó el doctor.

—Pero ¿por qué llevan lentes? —le pregunté sin poder resistir por más tiempo la curiosidad.

—Es uno de los efectos secundarios del medicamento. Tenemos la vista de un topo, aunque estamos intentando mejorar la cura. Por la noche vemos algo mejor, pero la más mínima luz nos molesta —comentó el doctor Ruiz.

La explicación parecía plausible, pero había algo que no terminaba de convencerme.

—Mañana por la mañana vendrán conmigo al hospital, les haremos las pruebas y pasado mañana podrán continuar el viaje —comentó el doctor mientras apagaba el iPad.

—Muchas gracias por su amabilidad y hospitalidad —le dije mientras nos poníamos en pie.

—Espero que pasen una buena noche. Hace un poco de calor, pero de madrugada esperemos que refresque —dijo el doctor mientras nos acompañaba al pie de las escaleras.

—¿No sube? —pregunté.

—No, nosotros tenemos nuestras habitaciones en la planta baja. Buenas noches —dijo el doctor.

Subimos a nuestra habitación, y mientras mi hermano se cambiaba, me asomé a las ventanas, retirando un poco las gigantescas persianas de madera. La calle estaba tenuemente iluminada; no se veía a mucha gente paseando, pero lo que sí estaba claro era que no se veían gruñidores.

Nos acostamos, y a la media hora de dormirme tuve un extraño sueño. Todo comenzaba en el patio de la casa del doctor Ruiz, pero cada vez se hacía más misterioso e incomprensible, hasta convertirse en un verdadero galimatías. Sabía que a veces ciertos sueños contenían mensajes de advertencia de Dios, pero a aquel no lograba encontrarle el significado hasta que me levanté a la mañana siguiente.

CAPÍTULO XXVIII

SIMBOLISMO

EL GRAN PATIO DE LA casa tenía un color azul misterioso, como si un gran foco lo iluminara. Había unas telas que colgaban hasta el piso del mismo color. La fuente echaba agua azulada y un fuerte viento la derramaba hasta el suelo empedrado. Desde la balconada del corredor, vi a mi hermano Mike que corría de la mano de la hija de nuestro anfitrión hasta la calle. Yo le gritaba, pero él no parecía escucharme. Después yo bajaba las escaleras a toda prisa y les perseguía por la plaza. Se dirigían a un mercado cercano, pero yo no lograba alcanzarlos en ningún momento, a pesar de correr sin parar y gritarles.

La plaza estaba llena de gruñidores, aunque no nos hacían nada. Cuando llegamos al mercado, vi que entraban entre los pequeños comercios y les seguí. Los que atendían eran gruñidores también, pero no parecían muy sorprendidos al vernos.

La joven compraba comida, aunque lo que se ofrecía allí era realmente repugnante. Carne podrida, verduras malolientes y otras cosas por el estilo.

Cuando logré alcanzarles y tocar el hombro de mi hermano, él se giró. Llevaba unos grandes lentes de espejo, que tapaban sus ojos. Le decía que teníamos que irnos, que era tarde, pero él seguía hablando con la muchacha y riendo sin parar.

En un momento, cuando mi enfado había llegado a su límite, le aferré el hombro y tiré de él hacía mi. La chica me miró enojada; no podía ver sus ojos, pero su boca se deformó y me enseñó unos dientes afilados de perro.

Me eché para atrás algo asustado, pero insistí a mi hermano. Le quité los lentes de un tirón, y justo en ese momento me desperté sudoroso sobre la cama.

Miré a la otra cama y mi hermano parecía dormir tranquilo; ya había amanecido. En ese momento tomé la determinación de salir de Guadalajara en cuanto tuviéramos ocasión, aunque eso significara no conseguir el pase del gobernador.

CAPÍTULO XXIX

CENTRO MÉDICO DE OCCIDENTE

DESPUÉS DE UN DESAYUNO RÁPIDO, el doctor Ruiz nos llevó en su gigantesco Toyota. Durante el viaje al hospital, apenas crucé palabra con mi hermano ni el doctor. Seguía dándole vueltas al sueño.

Dios mío, ¿qué quieres decirme?, pensé mientras el auto tomaba la Calzada Independencia Norte. Después de un rato en la calle, torcimos a la derecha. Todo el centro médico estaba rodeado por una valla alta de color blanco y una alambrada justamente en la parte alta. No sabía si era para evitar que entraran intrusos o salieran pacientes. El doctor entregó un pase al guarda de la puerta y después estacionó enfrente de un edificio no muy alto. Bajamos del auto y nos dirigimos a las escaleras. En la entrada del edificio nos volvieron a pedir un pase, y después entramos a las instalaciones.

El edificio estaba algo anticuado por dentro, pero cuando subimos a la planta de investigación, nos quedamos sorprendidos. La planta estaba totalmente renovada, con las máximas medidas de seguridad y la última tecnología. El doctor Ruiz sonrió al ver nuestros rostros de sorpresa, y con su tarjeta abrió la última puerta que nos separaba del laboratorio.

—Les tomaremos algunas muestras de sangre, orina y les haremos un escáner, después comprobaremos el ADN. Me dijeron que en San Diego tomaron un remedio o vacuna; veremos de qué tipo es y si se puede combinar con nuestra solución. A lo mejor entre las dos curas sacamos una mejor —dijo el doctor.

Nos quitamos la ropa en una habitación y nos pusimos unos camisones de pacientes. Estábamos algo ridículos con aquel aspecto, pero en las siguientes tres horas no nos dio tiempo a pensar mucho en ello.

Era casi medio día cuando terminamos. Estábamos hambrientos, cansados y con un tremendo dolor de cabeza. Dejaron que nos vistiéramos y nos llevaron a ver al doctor.

El despacho del médico era pequeño, pero estaba repleto de todo tipo de aparatos modernos que no sabíamos para qué servían. Nos sentamos frente a la sencilla mesa metálica, mientras él terminaba de analizar algunos informes.

—Perfecto, ya está todo. Espero que mañana puedan continuar el viaje. Los anticuerpos de su sistema son muy fuertes, pero ya he encontrado dónde está el problema del remedio del doctor Sullivan. La lástima de trabajar de forma separada es que no podemos apoyarnos en otros estudios —comentó el doctor Ruiz.

—¿Cuál es el fallo? —le pregunté.

—Es muy complejo de explicar, pero para resumir le diré que el sistema del doctor Sullivan es abierto, únicamente manipula un gen, y el nuestro es cerrado, cambia todos los cromosomas implicados como el de la voluntad, la capacidad para decidir o el que rige nuestra distinción del bien y del mal —comentó el doctor.

Me quedé algo sorprendido. Lo que decía el doctor era lógico, pero aquello no dejaba de inquietarme. El control total sobre los genes de una persona no me sonaba muy bien.

Comimos en la sala de doctores del hospital; la comida fue más frugal que la noche anterior, pero igual de sabrosa. Mike se atragantó un par de veces por el picante, pero aparte de eso todo salió estupendamente.

Por la tarde regresamos a la casa del doctor; aquella noche venía a cenar con nosotros el gobernador. Aquello no me hacía mucha gracia, pero si todo estaba en regla, al día siguiente estaríamos camino a Monterrey, y en una semana, en Texas.

Yo pasé la tarde leyendo algunos libros del doctor Ruiz, y Mike charlando con su hija. A la hora de la cena, una sirvienta me anunció que el gobernador acababa de llegar y que cenaríamos en cinco minutos. Me puse un traje sencillo, de color beige, y bajé al comedor.

Todos estaban en el salón cuando entré. Esa noche éramos seis a cenar. Había visto un par de policías en el patio y seguramente había otro en la entrada, para custodiar al gobernador.

—El doctor Ruiz me ha comentado que sus análisis han sido muy interesantes. Espero que disculpen la demora en su viaje; mañana les facilitaremos un vehículo, gasolina y alimentos —dijo el gobernador.

—Muchas gracias —le dije mientras me estrechaba su sudorosa mano.

Nos sentamos a la mesa, y unos minutos después ya había surgido una amistosa charla. Yo de vez en cuando pensaba en el sueño. No entendía su significado; al fin y al cabo, todo estaba resultando como habíamos previsto.

—¿Hacia dónde se dirigen? —preguntó el gobernador.

—Hacia una ciudad en Florida —le contesté escuetamente, pues tampoco quería darle demasiada información.

—Espero que tengan un viaje agradable; en el mundo quedan pocos lugares como este —dijo el gobernador levantando los brazos.

—Podrían quedarse —dijo la mujer del doctor Ruiz.

—Sería fantástico —dijo la hija, que se había pasado toda la velada hablando con mi hermano.

Mike me miró como pidiéndome con la mirada que les dijera que nos quedábamos una temporada, pero negué con la cabeza.

—Tenemos cosas que hacer en nuestro país —les comenté.

—Quería que vieran algo —dijo el doctor levantándose de la mesa.

—Ahora no, cariño. Estamos cenando.

El doctor Ruiz no hizo caso a su esposa y regresó con unos frascos de color azul. Los puso sobre la mesa y nos dijo:

—Este es nuestro remedio, está perfeccionado y he solucionado en parte el problema de los ojos. Pueden tomárselo, y de esa forma podrán viajar más tranquilos.

Miré al doctor y después al resto de invitados. Mike frunció el ceño, como si por un segundo se hubiera encendido una lucecita en su obtuso cerebro.

—Muchas gracias; es un honor, pero creo que es mejor que no lo hagamos —le contesté.

—¿Por qué? —preguntó el gobernador.

—Puede que no funcione en nosotros o que tenga algún efecto secundario al mezclarse con el remedio que nos dieron en Estados Unidos.

—No sea tonto, le aseguro que no les hará daño. Acaban de traerme estas dosis, y están adaptadas a su ADN. Podrían quedarse un mes más con nosotros y podremos ver los resultados. Serían de gran ayuda —dijo el doctor Ruiz.

Era una situación difícil. Rechazar otra vez tomar el medicamento supondría mostrar nuestra desconfianza hacia ellos, pero tomarlo significaba tener que quedarnos. Todos nos miraban fijamente, cuando me puse en pie y tomé los dos tubos en mis manos.

Capítulo XXX

AZUL

—LES PIDO QUE ME DEJEN hablar con mi hermano unos instantes —les pedí mientras me dirigía a la puerta.

Mike se puso en pie algo nervioso. No sabía qué podía contener ese tubo, pero de alguna manera pensaba que cuando lo hiciera, mi voluntad dejaría de pertenecerme. Salimos del salón y entramos en la sala contigua.

—¿Qué hacemos, Tes? —preguntó mi hermano nervioso.

—Tenemos una verdadera tesitura. Tengo la impresión de que no se tomarán bien una negativa, pero si nos tomamos esto... —dije agitando los frascos.

—Tengo una idea —dijo Mike.

Tomó los dos frascos y los vació en una planta, después tomó un poco de agua del mueble bar y llenó los tubos de nuevo.

—Creo que no colará —le dije mirando el líquido transparente.

—No he terminado todavía. Después tomó la pluma del doctor y vació parte de la tinta en el tubo, y repitió la operación. El agua tenía ahora un tono azulado muy parecido al del remedio.

—¿Será peligroso beber tinta? —le pregunté.

—Ven, vamos afuera —dijo mi hermano.

Entramos de nuevo en el comedor y tuve una rara sensación, como si los comensales hubieran estado desconectados mientras estábamos fuera.

—Estamos impacientes por saber su decisión —dijo el doctor Ruiz.

—No ha sido fácil, pero si es por ayudarles a ustedes que tan bien se han portado con nosotros... —dije. Después tomé el bote y lo bebí de un trago. Mike hizo lo mismo.

Todos aplaudieron emocionados. Continuamos la cena y después nos dirigimos al salón de al lado. Nos ofrecieron una bebida y enseguida entablamos una nueva conversación.

—Han tomado una sabia decisión. En la vida hay que aprovechar las oportunidades —dijo el gobernador.

No sabía qué esperaban que nos sucediera, pero para disimular pedí unos lentes de sol, como si me molestara la luz. Mi hermano hizo lo mismo.

—Bueno, creo que ya es mejor hablar sin tapujos. A partir de ahora no tendrán las típicas dudas morales, los problemas de conciencia, ni que arrepentirse de nada —dijo el doctor Ruiz.

—No le entiendo —le comenté.

—El proceso es muy rápido. Su ADN se transformará en unas horas, y después ya no podrán ejercer su voluntad, pero gracias a esto —dijo el doctor Ruiz sacando una placa—, sabrán exactamente lo que tienen que hacer en cada momento.

—¿Por qué ha hecho eso? —le pregunté.

—Cuando hice mi descubrimiento, comprendí que mientras la gente tuviera voluntad, no podríamos detener la Peste. Simplemente desconecté esa aplicación —respondió tranquilamente.

—¿Usted controla a todo el mundo? —preguntó Mike sorprendido.

—Naturalmente. Esa es la única parte que modificaba la Peste que no alteré, porque venía bien a mis planes. Miren. Gobernador, siéntese en el piso —dijo el doctor.

El gobernador se puso en pie y muy serio se sentó en el piso. Nos quedamos boquiabiertos.

—Todavía tengo unas horas para contarles mi gran descubrimiento, esa es una de las cosas que más extraño. Todos estos autómatas no tienen mucha conversación, simplemente cumplen órdenes. ¿Están preparados para escuchar la verdad?

CAPÍTULO XXXI

LA HISTORIA DEL DOCTOR RUIZ

NO ES SENCILLO ESTAR SENTADO a la misma mesa que un psicópata peligroso, mientras a tu lado hay un autómata que él maneja a su antojo. Me costaba concentrarme en sus comentarios; lo único que quería era escapar de allí con mi hermano y regresar a Estados Unidos.

—Cuando la epidemia se extendió, todos me pidieron ayuda, incluso el nuevo gobernador. Enseguida descubrí la causa de la Peste, pero aunque sabía que tenía una solución, esta pasaba por anular la capacidad del ser humano para escoger entre el bien y el mal. En ese sentido quise completar la obra de Dios, que creo que se equivocó al darnos el libre albedrío. Después de muchas investigaciones, logramos limitar la actuación del agente que manipulaba el ADN, pero no lo eliminamos del todo, simplemente cambiamos algunos de sus códigos. Cambiamos las deformaciones, la degeneración física y moral, pero mantuvimos la dependencia mental. Una obra de arte. ¿No creen? —preguntó emocionado el doctor.

—Pero, aunque usted haya logrado que todos ellos no tengan voluntad para hacer el mal, usted sigue teniéndola. Por lo tanto, ahora una voluntad libre les rige a todos —le comenté.

—Sí, pero intento ser ecuánime. No imagine que abuso de la gente —comentó el doctor Ruiz.

Sabía que mentía. Hasta ese momento había estado ciego, pero ahora entendía la verdad. El hombre que había visto en mis sueños antes de llegar a la ciudad era él, aunque con el rostro del gobernador, y por eso logró engañarme al principio. Además era consciente, lo supiera él o no, de que alguien movía los hilos de su conciencia.

—Entendemos sus ideas, pero le pido que nos deje en libertad —le comenté.

—Es preferible que vivan como esclavos a que estén muertos o vaguen por ahí como monstruos. Espero que entiendan mi postura —comentó el doctor Ruiz.

Ignoró mi comentario, como si nadie pudiera discutir sus palabras o pensamientos. Tenía que idear un plan, y rápido; pronto se daría cuenta de que no habíamos tomado su fórmula.

—Lo siento, pero el proceso es irreversible —dijo el doctor, como si leyera mis pensamientos.

—¿Irreversible? —le dije.

—Sí, todos ellos, y ahora ustedes, viven conectados a mi mente. Si por alguna razón mi persona muriera o dejara de razonar, se quedarían todos quietos y morirían de inanición —dijo el doctor.

—¿Está seguro de eso? —le pregunté.

—Sí.

Me costaba creer que fuera cierto. Era imposible que hubiera conseguido tanto control sobre ellos.

—¿Cómo los controla? Son miles, y no me dirá que con la mente solamente —le pregunté de nuevo.

—No, claro. A los que están en un radio de acción de un par de millas los controlo directamente, y puedo hacer que cambien una idea o realicen una tarea. La mayoría de la gente está programada sencillamente. Se levanta, come, trabaja, regresa del trabajo y duerme. Otros tienen tareas más complejas, como el señor gobernador. De otra manera esto sería muy aburrido. Para ustedes he pensado algo entretenido: controladores del tráfico —dijo en tono sarcástico el doctor.

No me hacían gracia sus comentarios. Ahora que sabía que una gran computadora controlaba todo, podía continuar con mi plan. Me puse de pie, y el doctor me miró sorprendido.

—Siéntese —ordenó.

Me mantuve firme y contemplé la cara asustada del doctor. Era la primera vez que le veía perder el control.

—Le digo que se siente; la fórmula no puede fallar —dijo el doctor nervioso.

Mi hermano también se puso en pie, y notamos cómo el doctor Ruiz se concentraba en algo.

—¡Cuidado! —gritó Mike.

Me lancé sobre el hombre e intenté distraer su atención. Si lográbamos que perdiera la conciencia, podríamos huir de la ciudad a toda prisa.

En ese momento entraron en el salón dos de los policías que estaban en la puerta. Sacaron sus armas, pero logré ponerme detrás del doctor y tomarle por el cuello.

—Dígales que se desconecten —le ordené.

—Están programados para protegerme —contestó.

—Pero puede darles órdenes —le dije.

—¡Quietos! —dijo al notar que le apretaba más el cuello.

Mi hermano aprovechó la orden del doctor para desarmar a los policías. Entonces yo golpeé en su cabeza y la placa cayó al suelo.

—Vámonos —le dije.

—Pero ¿qué pasará con la chica? —me preguntó.

—Es una autómata. Todo lo que han hablado no era ni más ni menos que algo programado.

Sabía que era difícil de entender, pero no podíamos llevarnos a una persona que había perdido su voluntad.

Salimos al patio. Teníamos que tomar el Toyota del doctor y llegar al aeropuerto; allí debería de haber algún aparato en buen estado. De esa manera recuperaríamos parte del tiempo perdido.

Nos dirigimos al garaje, y mientras mi hermano abría la puerta yo arranqué el auto. El motor se puso en marcha y la puerta subió automáticamente. Antes de que Mike se sentara a mi lado, vi que entraba en el garaje la hija del doctor. Mi hermano se quedó mirándola unos instantes. Ella le sonrió y se acercó un poco más.

—Mike, sube al auto. ¡Rápido! —le grité.

Mi hermano me miró y la chica se lanzó sobre él, comenzando a arañarle e intentando morderle. Él la apartó; entró en el auto y, antes de pisar el acelerador, pude ver el rostro de la joven en el cristal. No tenía lentes, y observé con horror que en lugar de ojos tenía una especie de cámaras. El doctor podía localizarnos en cualquier parte de la ciudad.

Salimos a la calle principal; derrapé a la derecha y vimos cientos de personas que se dirigían hacia nosotros.

—¿Dónde está el aeropuerto? —pregunté a mi hermano.

—Conecta el navegador del auto —dijo mientras señalaba el aparato.

El navegador se puso en marcha y comenzó a indicarme. Nos dirigimos a toda velocidad hacia el sur de la ciudad, tomamos la Avenida de Guadalajara Chapala sin muchos problemas, pero un minuto después escuchamos las sirenas de dos autos de policía.

—¡Acelera! —dijo mi hermano nervioso.

Pisé hasta el fondo el acelerador, pero los autos lograron alcanzarnos. Uno se puso a nuestra altura y comenzó a embestirnos, pero logré controlar el vehículo. Cuando miré por la ventanilla, vi el rostro del doctor Ruiz.

Al fondo se veía la entrada al aeropuerto, pero si no nos deshacíamos de los autos, no podríamos intentar tomar un avión. El auto de policía que estaba detrás de nosotros también nos golpeó.

Mike sacó la pistola que había tomado de los policías y bajó la ventanilla. Disparó al auto de atrás varias veces, hasta que después de un par de impactos en el parabrisas, acertó en una rueda. El auto derrapó y volcó.

El otro auto volvió a embestirnos justamente cuando entrábamos en el aeropuerto. Nuestro auto se salió de la calzada y entramos en la acera. Cuando vi la puerta, giré y me lancé contra las cristaleras. Entramos en el gran recibidor con el auto, derrapamos y al final nos bajamos del vehículo y corrimos hacia las pistas.

El auto de policía entró también en el recinto y comenzó a seguirnos por los pasillos.

—Pásame un arma —dije a mi hermano mientras nos escondimos detrás de una tienda.

El auto se acercaba a toda velocidad, pero esperé hasta tenerlo casi encima. Escuché claramente una voz en mi mente que me decía: No puedes vencerme, estos son únicamente marionetas en mis manos. Ríndete de una vez.

Logré recuperar el control de mi mente, apunté y disparé.

VOLANDO A MONTERREY

EL ROSTRO DEL DOCTOR RUIZ parecía de sorpresa cuando la bala le impactó justamente entre los dos ojos. En ese momento, los dos policías detuvieron el auto y se dieron la media vuelta.

Mientras nos dirigíamos en busca de algún avión que funcionase, intentaba aferrarme a la esperanza de que toda aquella gente siguiera haciendo su vida con normalidad; estaban programados para ello. Pensé que, en cierto sentido, muchas personas vivían de aquella manera, como autómatas. Sin distinguir el bien y el mal, limitándose a cumplir un horario, comer y dormir. A veces nosotros somos nuestro peor enemigo.

Buscamos por la pista hasta encontrar un avión pequeño, pero con suficiente autonomía para llevarnos hasta la frontera de México. El aparato se encontraba en buen estado, tenía combustible suficiente y parecía realmente fácil de pilotar. Yo no era un experto, pero mis últimas experiencias me habían ayudado un poco a entender aquellos pájaros voladores.

Mientras intentaba adivinar para qué servía cada palanca del control de mandos, mi hermano llegó con comida. El aeropuerto estaba en perfecto estado de conservación y mantenía las tiendas abiertas como si estuviera en uso. Una extravagancia más del megalómano doctor Ruiz.

—¿Sabes cómo funciona o no? —me preguntó Mike.

—Paciencia. Por favor, dame uno de esos panes. Tengo mucha hambre —le pedí.

En aquellos últimos días, el recuerdo de Susi se había disipado un poco; seguía triste, y cada vez que la recordaba sentía que algo se estremecía en mi interior.

Al final, programé la ruta y puse en marcha el avión. Lo más complicado era despegar y aterrizar, y el resto del tiempo el piloto automático haría el trabajo.

Salimos hacia la pista principal y tomamos velocidad, tiré levemente de los mandos y el avión comenzó a levantarse. La sensación fue increíble, al notar cómo era capaz de poner el avión en el aire.

Unos minutos más tarde sobrevolábamos la ciudad de Guadalajara. La actividad en la calles parecía la de un día normal, como si nadie fuera consciente de que ya no existía aquel que regía su vida. El alma de toda aquella gente estaba castrada, y nunca más serían humanos en el más amplio sentido de la palabra. Lo que nos diferencia de los animales es nuestra capacidad de decisión, nuestro sentido del bien y el mal. Estamos hechos a imagen de Dios, y esa imagen es la que nos hace libres.

CAPÍTULO XXXIII

VOLANDO A MONTERREY II

SOBREVOLAMOS ALGUNAS CIUDADES DE OESTE a este de México. Dejamos atrás Aguascalientes, Zacatecas, y en cuatro horas de vuelo ya estábamos pasando Monterrey. Aquella era la última gran ciudad antes de cruzar la frontera con Estados Unidos. Mi hermano descansaba cómodamente a mi lado, mientras yo intentaba reprogramar el avión. Tenía que poner la ruta hasta San Antonio, en Texas, pero no lo conseguía. El avión reconocía otro San Antonio en México.

—¿Qué sucede? —me preguntó mi hermano, que acababa de despertarse al escucharme trajinar en los mandos.

—No logro poner la ciudad de San Antonio —le contesté.

—Pues pon Houston, no creo que haya ninguna ciudad en México con ese nombre —me dijo.

—Tienes razón —le contesté. En cuanto metí el nombre, el plan de ruta se confirmó.

Nos relajamos un rato. Viajar en avión era una maravilla; las distancias se acortaban enormemente y no teníamos que preocuparnos por la gasolina, la comida o los gruñidores. Mi único temor era qué encontraríamos al llegar a Jacksonville. Si los gruñidores continuaban el avance, seguirían destruyendo el resto de bases del reorganizado estado de Estados Unidos, terminando con nuestras esperanzas de que las cosas cambiasen. Además continuaban mis dudas sobre qué sucedería cuando el efecto de la cura que había recibido pasase. Ahora que el doctor Sullivan había desaparecido en el océano Pacífico, el futuro parecía muy negro.

Nuestra única esperanza era controlar la mente de aquellos gruñidores y expulsar a todos los príncipes de las tinieblas que se habían hecho con el control de nuestro país.

Mike comía con entusiasmo una manzana, ajeno a todas mis preocupaciones. Por alguna razón pensé en Katty; no sabíamos nada de ella, pero teníamos la esperanza de que Elías y todo el grupo se hubiera dirigido para el norte o quizá para el este. La distancia desde California hasta Florida era enorme para realizarla en auto, sobre todo en las condiciones actuales, pero nos cabía la esperanza de volver a verla.

—Mira, Tes —dijo Mike señalando el suelo.

—Observé lo que parecía la última ciudad de México, y después divisamos la larga alambrada que separaba Estados Unidos del país vecino. Las fronteras siempre son construcciones artificiales que nos separan de los demás.

Mientras sobrevolábamos Estados Unidos, mi estado de ánimo mejoró de repente. En la cabeza tenía la esperanza de que la resurrección de mis seres queridos se produjera, pues volver a verlos era una de las cosas que más anhelaba. No había perdido la esperanza, era lo único que me mantenía en pie frente a las adversidades.

CAPÍTULO XXXIV

HOUSTON

EL INDICADOR DEL COMBUSTIBLE COMENZÓ a ponerse en rojo cuando nos quedaba media hora para llegar a Houston. En Estados Unidos no sería fácil encontrar combustible para seguir volando. Ya había pensado en buscar otro medio de transporte en la ciudad y continuar por carretera hasta Florida. Había casi 900 millas de distancia, lo que suponía dos o tres días de viaje si no encontrábamos ningún obstáculo, cosa que solía ser imposible.

Lo que más me preocupaba en ese momento no era no conseguir un vehículo ni los problemas que encontraríamos en el camino, lo que realmente me preocupaba era cómo aterrizar este aparato y cómo desconectar el piloto automático.

Mike vio cómo intentaba tomar los mandos del avión, pero al ver que no lograba desconectar el piloto automático, me dijo:

—Es aquí.

En ese momento apretó el botón y el avión descendió ligeramente; tomé de nuevo los mandos y comenzamos la operación de aproximación. Sabía que tenía que volar en círculos hasta llegar a una altura razonable para aterrizar. No sabía bien a qué altura debía descender, pero intentaría hacerlo lo mejor posible. Tuve que dar cuatro vueltas completas antes de ver la pista cerca. Después comprobé horrorizado, que justamente en la mitad de la pista principal había un avión calcinado, lo que dificultaba aun más el descenso. Tendríamos la mitad de espacio para aterrizar. Como el aparato no era muy grande ni pesado, pensé que no necesitaríamos la pista completa.

Cuando enfilamos la pista, noté cómo me sudaban las manos. Aferré el timón e intenté no pensar mucho en qué ocurriría si descendía demasiado rápido. Comencé a acercarme, y un grito de mi hermano me desconcertó por completo.

—¿Te has vuelto loco? —me preguntó.

Levanté de nuevo el vuelo y le miré enojado.

—Casi nos estrellamos. ¿Qué te sucede? —le pregunté con el ceño fruncido.

100 | MARIO ESCOBAR

—No has sacado el tren de aterrizaje —contestó tirando de la palanca.

Las ruedas salieron en unos segundos y volví a descender, esperando que esta vez estuviera todo correcto. Bajamos lentamente, como si una bolsa de aire nos amortiguara el descenso. Después noté cómo las ruedas tocaban suelo, y el avión dio un par de botes. Frené lentamente y el avión comenzó a detenerse. Cuando levanté la mirada, vi que nos acercábamos peligrosamente al avión quemado.

—¿No puedes frenar más rápido? —preguntó Mike antes de que el avión se bamboleara por la presión de los frenos.

Después nos chocamos con los restos del otro aparato calcinado. No sufrimos muchas contusiones, pero salimos del avión aturdidos y algo magullados.

No conocíamos la ciudad, y encontrar en Houston un vehículo y alimentos podía no ser una tarea fácil. No quedaba mucho para que anocheciera, y ambos sabíamos lo que sucedía en las ciudades cuando el sol se ponía.

CAPÍTULO XXXV

BUSCANDO REFUGIO

EL AEROPUERTO WILLIAM P. HOBBY estaba en una condición tan deplorable como la mayoría de los aeropuertos que habíamos visto. Apenas pudimos recoger algunos frutos secos olvidados en el interior de unas máquinas expendedoras, pero eso no era suficiente para subsistir ni una noche. Cuando salimos por la puerta principal, el sol ya declinaba. En la ancha avenida tampoco observábamos ningún centro comercial, únicamente un hotel a lo lejos, pero ese tipo de sitios eran los que antes asaltaban los merodeadores.

Nuestra única oportunidad era entrar en alguna de la casas de las urbanizaciones cercanas y dar con alguna despensa milagrosamente intacta.

Cruzamos la avenida y entramos en la zona residencial. Eran casas medianas, no demasiado lujosas, pero lo suficiente para tener una despensa surtida.

En cuanto caminamos un poco vimos los primeros gruñidores. Marchaban en grupos de tres o cuatro y no parecían estar organizados. Nosotros sabíamos cómo escabullirnos de ellos y evitar ser vistos.

Saltamos la tapia de una de las urbanizaciones y observamos con detenimiento las sencillas casas de ladrillo amarillento. Podíamos acceder por cualquier ventana, pero nos dedicamos a observar cómo estaban las del interior. Los saqueadores no perdían mucho tiempo alejándose de las avenidas principales, que les ayudaban a escabullirse más fácilmente.

Elegimos una de las que daba a la pequeña piscina redondeada. Aquel lugar daba la impresión de haber sido un lugar alegre, repleto de gritos y risas. No podía evitar pensar en todas esas personas desaparecidas, muertas o convertidas en gruñidores.

Mike rompió un cristal, y comprobamos que la casa no había sido saqueada. Esa solía ser una buena señal. Registramos la cocina y apenas encontramos un par de latas de maíz, algunas palomitas caducadas para hacer en el microondas y una maravillosa lata de salchichas.

Bajamos al sótano y vimos algo de agua embotellada y refrescos, también bolsas de patatas fritas pasadas.

Subimos al salón y comimos algo rápido. Dormiríamos por turnos; las ciudades que no conocíamos no eran de fiar, sobre todo si eran grandes.

La noche pasó rápidamente. No escuchamos ruidos ni disparos. La zona debía de ser bastante tranquila. Lo peor solía estar en las zonas céntricas, donde la concentración de población era mayor.

Por la mañana tomamos el maíz y después miramos en el garaje: no había nada. Buscamos por toda la urbanización y descubrimos dos bicicletas, que nos parecieron suficientes para continuar el viaje hasta encontrar algo mejor. En todo ese tiempo habíamos aprendido que era mucho mejor avanzar sin parar que quedarnos mucho tiempo en un lugar. Los gruñidores tenían un sexto sentido para encontrar humanos, y enseguida podían rodearte decenas de ellos.

Las únicas armas que llevábamos eran dos pistolas, con unas pocas balas, pero sabíamos que en el estado de Texas no sería muy difícil encontrar muchas más.

Salimos en dirección norte, por la calle Broadway, una calle muy larga que nos llevó hasta la interestatal 45. Después debíamos encontrar la interestatal 73 hacia Port Arthur. El camino era muy llano, con eso no tendríamos problema, pero solía ser una zona muy calurosa, aunque su proximidad al mar la hacía algo menos asfixiante que el norte del estado.

Recorrimos varias millas antes de llegar a la interestatal. Los campos cercanos a Houston eran muy fértiles y verdes, algo que rompía la imagen que yo tenía de Texas. Cuando llegamos más al este, los campos de cultivo abandonados se convirtieron en bosques y zonas pantanosas. Encontramos muchos mosquitos y pocas poblaciones.

Algunas pequeñas granjas y zonas de servicio eran lo único a lo que podíamos aspirar en aquella interestatal de segunda categoría. Sabíamos que se nos haría de noche antes de llegar a la siguiente ciudad, y por eso cuando comenzó a ponerse el sol nos refugiamos en un pueblo llamado Winnie, que se encontraba a medio camino entre Port Arthur y Houston.

Winnie parecía bastante tranquilo. Tuvimos que recorrer medio pueblo para encontrar el único supermercado grande. No quedaban muchas cosas que comer, pero sí las suficientes para una cena ligera y un desayuno rápido.

A la mañana siguiente, descubrimos que la gran industria de la ciudad era la venta de vehículos. Decenas de tiendas de vehículos de segunda mano ocupaban la avenida comercial. Pudimos escoger entre varios modelos, que seguían estacionados en el mismo sitio, desde antes de la Gran Peste. Al final nos decidimos por un auto japonés pequeño que no consumía mucho combustible.

En un par de horas estábamos en Port Arthur. Una ciudad extremadamente ordenada de calles largas en cuadrícula. No entramos en la ciudad; nos limitamos a tomar carburante, ya que encontramos grandes cantidades de gasolina. Al fin y al cabo, estábamos en la región que más petróleo producía de todo el país.

Nuestro próximo objetivo era Lake Charles, la primera gran ciudad en el estado de Louisiana.

CAPÍTULO XXXVI

LOUISIANA

EL ESTADO DE LOUISIANA SE caracterizaba, entre otras cosas, por ser el centro de brujería, espiritismo y santería de todo el sur de Estados Unidos. Nueva Orleans era su capital y tenía fama de ser una ciudad degenerada. Naturalmente, en cada ciudad hay gente de todo tipo, pero decidimos desde el primer momento alejarnos lo más posible de aquella ciudad y recorrer el estado sin parar.

A veces los planes no salen como esperamos. Justo a unas pocas millas de Nueva Orleans, el auto se averió. Debimos sospechar al ver tantos concesionarios de vehículos de segunda mano, que no era buena idea tomar uno de esos autos.

Tuvimos que llegar a pie a la ciudad. La parte norte estaba inundada. La falta de mantenimiento de los diques desde la Gran Peste había terminado por anegar una buena parte de la ciudad.

La ciudad no parecía muy diferente a otras muchas que habíamos visto, con sus zonas residenciales y un gran puerto comercial, pero cuando nos introdujimos en la zona centro, todo cambió. Allí las calles eran mucho más estrechas, y tenías la sensación de encontrarte en otro lugar, como si hubieras viajado en el tiempo a alguna zona antigua de Francia.

Llegamos a la Plaza Jackson; después caminamos por la calle Orleans, y poco a poco nos fascinó la belleza de las antiguas calles coloniales.

No se veía ni rastro de gente, pero sí restos de los saqueos, autos quemados y abandonados por todas partes.

Por el día no vimos gruñidores, pero sabíamos que en cuanto se pusiera el sol aquello sería un hervidero. Teníamos que buscar un refugio. Al final pensamos que era mejor estar en un parque, ya que normalmente a los gruñidores no les gustaban los espacios abiertos ni las zonas arboladas. Caminamos hasta llegar al Parque Louis Armstrong, que estaba construido con un complejo sistema de fuentes e islas artificiales.

La única casa que estaba totalmente rodeada por agua era un pequeño edificio pintado de rojo.

Abrimos uno de los postigos verdes, y nos introdujimos en lo que parecía haber sido muchos años atrás una estación de bomberos. Encontramos unas camas, mantas guardadas en taquillas y poco más, pero era suficiente para pasar la noche.

Mike se fue a dormir tras la cena y a mí me tocó la primera guardia. Debían de ser las tres de la madrugada, y justamente cuando iba a pedir a Mike que me relevara, escuché algunos ruidos fuera.

Me asomé por la ventana y entre las sombras de la noche vi una figura que corría, perseguida por gruñidores. Me lo pensé dos veces antes de salir, pues lo que menos deseaba en ese momento era que nos encontráramos con nuevos problemas, pero no podía dejar que dañaran a alguien mientras me quedaba con los brazos cruzados.

En la ciudad en la que habíamos conseguido el vehículo fallido, también habíamos encontrado dos escopetas y algo de munición. Tomé una de ellas y salí en la dirección en que había visto pasar las sombras.

Al otro lado del puente, junto a una preciosa casa amarilla, vi cómo cuatro gruñidores rodeaban a una figura vestida de blanco. Disparé al aire, para ver si eso asustaba a los monstruos, pero lo único que produjo fue que se giraran y me observaran detenidamente.

Dos de ellos se dieron la vuelta y fueron por mí. No tardé en abatirlos con mi escopeta; me acerqué hasta los otros dos, pero estos fueron más listos y prefirieron correr.

Cuando me acerqué a la figura, comprobé que era una chica de unos dieciséis años, de raza negra y con un vestido blanco. Me miró aterrorizada con sus dos grandes ojos azules, pero yo intenté tranquilizarla.

—No te preocupes, ya se han ido —le dije.

La chica respiraba con dificultad, y cuando di un paso hacia ella se desplomó en el suelo, perdiendo el conocimiento.

La tomé en brazos y la llevé a la casa; cuando entré, Mike me apuntó con el rifle. Al verme, bajó el arma.

—¿Dónde te habías metido? —preguntó.

—Escuché un ruido y vi a unos gruñidores siguiendo una figura. Al parecer, querían hacer algo a esta chica —le contesté.

Dejé a la joven sobre una de las camas. Respiraba frenéticamente, pero no parecía enferma. Debía de estar tan asustada, que eso le había hecho desmayarse.

Cuando la reanimamos, comió algo de atún de una lata y esperamos a que se calmara antes de preguntarle quién era.

La joven se desató una larga melena negra y nos contó brevemente su historia:

—Me llamo Margot Power. Siempre he vivido en Nueva Orleans, pero en uno de los suburbios de la zona oeste, en la otra parte de los lagos. Cuando comenzó la Peste nos acogieron unas monjas de una escuela cercana, pero al final ellas también enfermaron y tuvimos que subsistir por nosotras mismas. Las monjas poseían un huerto, vacas, cabras y gallinas, lo que nos permitió resistir un tiempo sin salir de la escuela, pero hace un mes comenzaron a llegar muchos monstruos. No habíamos visto a ninguno igual, a excepción de las monjas, pero al vernos rodeadas nos asustamos. Éramos chicas, la mayoría de diez a dieciséis años, pero no teníamos armas ni medios de defendernos. Echamos suertes, y nos tocó a una amiga y a mí venir a la ciudad a pedir ayuda. Lo que no sabíamos era que en la ciudad están peor las cosas que en nuestra zona. Se nos hizo tarde cerca de la catedral católica; quisimos regresar, pero un grupo de monstruos nos vio y salimos corriendo. A mi amiga la atraparon cerca de aquí —comentó la chica, y después se echó a llorar.

Nos quedamos dubitativos. No era buena idea salir en mitad de la noche a una zona infestada de gruñidores en busca de una chica, que con casi toda seguridad ya estaba muerta.

—¿Qué hacemos? —le pregunté a mi hermano.

Lo cierto era que estaba deseando que me contestara que era mejor quedarse en un lugar seguro, pero por alguna razón, Mike pensaba que debíamos hacer algo.

—Margot, ¿sabes usar un arma? —preguntó Mike a la chica.

—Sí —contestó, temblando todavía por el miedo.

—Pues saldremos en busca de tu amiga —dijo mi hermano entregándole una de las pistolas.

Salimos del parque. No teníamos linternas ni otra luz, pero la noche estaba despejada y la luna iluminaba las calles. Todo parecía tranquilo hasta que llegamos a las proximidades de la catedral.

Nos sorprendió ver algo parecido a un desfile, con una banda de música y gente bailando detrás. Eran gruñidores, que continuaban los macabros rituales ancestrales de los habitantes de la ciudad. Se dirigían a la catedral. Intentamos seguirles a distancia y cuando entraron en la iglesia, observamos desde la entrada.

El templo estaba lleno de gente. No había ningún banco libre, y en el altar mayor vimos lo que parecía ser un sacerdote de vudú dando una homilía.

Escuchamos desde fuera las palabras del hombre, antes de atrevernos a buscar a la joven entre la multitud de gruñidores.

—Hermanos y hermanas, estamos muy cerca de la victoria. Nuestros ejércitos han derrotado a los humanos en California y nosotros haremos lo mismo en Florida. Miles de nosotros se dirigen allí, para destruir la colonia de esos humanos. Nuestros viejos dioses nos ayudan, pero nos piden sangre para tomar más fuerza. Esta noche nos han enviado a la víctima propiciatoria —dijo el sacerdote levantando un cuchillo curvado.

Dos gruñidores altos y grandes llevaban de los brazos a una joven rubia, que temblaba de miedo.

—Es ella —dijo en voz baja la chica.

Nos pusimos las capuchas de las sudaderas y entramos en silencio en el templo, caminamos por uno de los laterales para acercarnos todo lo posible.

Cuando estuvimos suficientemente cerca, intenté pensar cómo podíamos sacar a la chica sin que nos saltaran todos esos monstruos encima.

No era sencillo salvar a la chica y salir con vida de allí. Miré las grandes antorchas que ardían a los lados, la puerta trasera, tras el altar, e intenté trazar un plan en los pocos segundos que faltaban antes de que esos monstruos realizaran su macabro ritual.

—Tenemos que hacer algo —dijo la chica en un susurro.

Margot dio unos pasos, y su imprudencia me obligó a acelerar las cosas. Me giré y apunté a una de las antorchas, pero antes de que lograra disparar, los gruñidores comenzaron a gritar por todas partes.

Capítulo XXXVII

LA CATEDRAL

TENÍAMOS QUE ACTUAR CON MUCHA rapidez; el tiempo era fundamental para que mi plan funcionase. Disparé a la antorcha, y esta cayó sobre una de las estatuas. Sus ropas comenzaron a arder y muchos de los gruñidores huyeron del fuego. Aprovechamos la confusión para acercarnos al altar. Mi hermano Mike abatió a los dos gruñidores que sujetaban a la chica, yo la tomé en brazos y Margot disparó al sacerdote hiriéndole en la mano. Salimos por la puerta de la sacristía. Corrimos en la oscuridad hasta la salida, llegamos a un jardín pero rodeado por una tapia muy alta. No podía saltar con la chica en brazos.

—Salten ustedes primero y se la paso —le dije a mi hermano.

Saltaron al otro lado y yo le pasé a la chica, pero apenas había conseguido subir yo la verja, cuando noté que me agarraban de una pierna.

—¡Suéltame! —grité dando una patada.

—¡Has venido a trastornarnos! Eres uno de los elegidos, puedo oler tu pestilente olor a santidad desde aquí. Necesitamos esa ofrenda, maldito —dijo el gruñidor.

Cuando me giré, vi la cara del sacerdote y de otros seis gruñidores que comenzaban a tirar de mi pierna. Intenté saltar, pero no podía. Mike disparó desde el otro lado de la verja y eliminó a uno de los gruñidores, pero los otros no parecieron inmutarse.

—Mike, vuelve a disparar —dije mientras intentaba concentrarme. Sabía cómo detenerlos, pero estaba demasiado nervioso para reaccionar.

Margot comenzó a tirar de mis brazos, pero era imposible. Al final me solté y me llevaron en volandas hacia el interior del templo, que estaba envuelto en llamas.

CAPÍTULO XXXVIII

ENTRE LAS LLAMAS

AL PRINCIPIO NO ENTENDÍA POR qué me llevaban de nuevo a la catedral. El humo comenzaba a asfixiarnos, y las llamas comenzaban a devorar las imágenes del altar mayor. Pero cuando me dejaron en el suelo, comprendí qué querían de mí.

El sacerdote de vudú hizo un misterioso ritual y después levantó los brazos pronunciando algunas palabras en un idioma extraño.

Intenté ponerme de pie, pero cuatro gruñidores me tenían inmovilizado en el suelo.

—Leviatán, dios de los mundos, príncipe de las tinieblas, Lucifer, manifiéstate entre nosotros, delante de tu humilde siervo.

Las palabras del sacerdote me pusieron los pelos de punta, pero intenté orar. Sabía que mientras pidiera una protección especial de Dios, ni el mismo diablo podría hacerme nada.

En ese momento, de entre las llamas salió una sombra alta. Al moverse, las llamas se abrían como si fueran un abanico, y desprendían una fuerte luz que apenas nos dejaba verle. De repente, la luz fue atenuándose y observamos la figura de un hombre muy alto, vestido con una túnica púrpura, su cabello era rojo y sus facciones atractivas. Nunca hubiera imaginado que el diablo pudiera presentarse como un bello ángel de luz, aunque había leído sobre ello en la Biblia.

—¿Quién me invoca? —preguntó aquel ser angelical.

El sacerdote se quedó en silencio, tal vez atemorizado por la presencia de aquel ser inexplicable.

El diablo me miró con sus grandes ojos azules y frunció el ceño, y por unos instantes pude ver su verdadero rostro detrás de aquella máscara de belleza superficial. No tenía nariz, los ojos eran rojos y sus facciones terribles y burlonas, se parecían a las de los gruñidores. Al fin y al cabo, aquellos monstruos estaban hechos a su imagen y semejanza. El diablo siempre había ansiado ser Dios, por eso estaba empeñado en convertirse en creador, aunque fuera desfigurando el mundo que Dios había creado.

—¡Tú me has causado suficientes problemas! He logrado eliminar a todos tus amigos, pero Él no me ha permitido que te tocara ni un cabello de la cabeza. Eso se ha acabado, has dejado en tu corazón lugar para el rencor y eso me ha abierto la puerta que me lleva hasta ti.

Su voz era como un trueno, y al escucharle no podías evitar temblar como un niño. Mientras hablaba, yo intentaba orar, pero no podía concentrarme.

—Conmigo no sirven esos trucos, tus oraciones no pueden nada contra mí —dijo el diablo, aunque yo sabía que era mentira.

Los gruñidores le miraban extasiados, totalmente sometidos a su voluntad. Yo dejé de resistirme y por un segundo logré concentrarme en la oración.

—El final está cerca, y eso nadie puede detenerlo. La gente como tus padres no entiende que el ser humano está perdido desde que fue creado, lo único que consiguieron fue retrasar por un tiempo lo inevitable. Esos palurdos ilusos únicamente eran unos beatos ignorantes —dijo el diablo.

Me llenó de furia que hablara de mis padres; entonces logré abrir mis labios y decir con todas las fuerzas que me permitía el humo que comenzaba a inundar mis pulmones:

—¡Estás derrotado! ¡Jesucristo te venció! Puede que me mates, pero nunca moriré, soy inmortal. Un día me levantaré en el Juicio y Dios me dará una nueva vida, mientras tú eres destruido para siempre.

El diablo se retorció como si le hubiera dado un golpe fuerte. Me señaló con una mano y comenzó a elevarme, como si pudiera hacerme flotar. Los gruñidores me soltaron mientras mi cuerpo flotaba.

—Espero que sobrevivas a las llamas, como el bueno del profeta Daniel —dijo un segundo antes de lanzarme al fuego.

Escuché disparos, pero estaba totalmente aterrorizado para intentar volver la cabeza.

—¡Suéltenlo! —escuché. Era la voz de mi hermano Mike, de eso no había duda.

El diablo me dejo caer y lanzó una especie de llama de fuego hacia mi hermano. Mike se lanzó al suelo y logró esquivarla.

Me levanté del suelo dolorido y algo aturdido, pero logré correr hacia mi hermano antes de que el diablo volviera a disparar sus dardos de fuego.

Salimos de nuevo al jardín y comencé a toser. El sacerdote y los gruñidores nos alcanzaron antes de llegar a la verja, pero no vimos al diablo, como si no quisiera salir de entre las llamas.

—No escaparán —dijo el sacerdote.

Mike se giró y disparó. El sacerdote cayó al suelo sin vida y los gruñidores se detuvieron, como si hubieran perdido el interés en nosotros. En ese momento, el tejado de la catedral explotó por los aires. Logramos cruzar la verja a tiempo. Miles de fragmentos comenzaron a caer por todas partes, pero logramos refugiarnos junto a las chicas en los soportales cercanos.

Cuando miré a la noche estrellada, vi una columna de fuego que ascendía, pero al instante comprendí que aquello era la estela que dejaba el diablo al irse. Al morir el sacerdote, ya no tenía un cuerpo que utilizar. Se había ido por ahora, pero yo sabía que volveríamos a vernos las caras y, en la próxima ocasión tal vez no saldríamos tan bien parados.

CAPÍTULO XXXIX

EL COLEGIO SAINT DENIS

EL BARRIO ANTIGUO DE NUEVA Orleans era una verdadera hoguera. Las casas de madera comenzaron a arder una tras otra a medida que corríamos hacia el parque, donde habíamos dejado nuestras cosas. Mike iba el primero intentando evitar que nos asaltara algún gruñidor, aunque desde que había muerto el sacerdote de vudú, todos los monstruos vagaban inofensivos, dejando que las llamas les alcanzaran. Daba la impresión de que aquellos monstruos habían perdido la voluntad de luchar. Yo cargaba con la chica y Margot corría a mi lado.

Cuando llegamos a la calle Rampart, tuvimos que caminar una hora hasta llegar a la avenida St. Claude. Cruzamos un puente y seguimos caminando durante toda la noche. Vimos salir la luz del sol al llegar a las afueras de la ciudad.

—Es allí —dijo Margot señalando un edificio con una tapia muy alta a su alrededor.

La chica abrió la puerta con una llave y entramos a un amplio jardín. La gran casa parecía más una vieja mansión que un colegio. Estaba sobre una pequeña ladera cubierta de árboles. Yo estaba casi exhausto. Llevaba toda la noche cargando a aquella chica y, aunque era delgada, hacía un par de horas que ya no sentía los brazos.

Cuando llegamos a la puerta, una docena de chicas salió a recibirnos. La que parecía más mayor nos hizo un verdadero interrogatorio:

—¿Dónde han estado? ¿Qué le sucede a Charlotte? ¿Quiénes son estos chicos?

—Por favor, estamos agotadas y Charlotte no se encuentra bien. Déjennos pasar y ya les contaremos lo que ha sucedido —dijo Margot algo molesta.

Nos dejaron pasar. Cuando entrabas en aquella mansión, te parecía como si hubieras retrocedido cien años en el tiempo. En el recibidor había una estatua de la virgen, y al final de la escalinata que llevaba a los dormitorios, una vidriera con un gigantesco Cristo justamente antes de ascender a los cielos llenaba de luz la estancia.

Nos dejaron descansar toda la mañana. Lo cierto es que yo podría haber dormido hasta el día siguiente, pero el olor que venía desde la cocina me hizo bajar rápidamente al salón.

Me sorprendió el orden y la limpieza del colegio. Aquellas chicas parecían haber aprendido bien la lección. Tenían un huerto, huevos y carne. Todo un lujo en el mundo después de la Gran Peste, pero se las veía infelices, encerradas en aquella pequeña burbuja de cristal.

En el salón estaban todas las chicas y mi hermano Mike. Charlotte parecía encontrarse mucho mejor. Tenía mejor cara y me sonrió al entrar. A su lado estaba la que parecía la jefa del grupo.

—Antes no me presenté. Mi nombre es Amalia. Quiero agradecerte mucho todo lo que has hecho por mis amigas. Fue una locura mandarlas a la ciudad, pero estábamos aterrorizadas. Cada noche se concentran fuera de la tapia más gruñidores, y tememos que en cualquier momento decidan asaltarnos —dijo la chica.

—Es normal que intentaran algo —comenté a Amalia.

La vida es realmente compleja, como para juzgar las acciones de los demás.

—¿A dónde se dirigen? ¿Podemos ir con ustedes? —preguntó Margot.

No sabía qué responderle. No podíamos hacernos cargo de una docena de chicas que no estaban acostumbradas a defenderse por ellas mismas y a vivir en el mundo real. Tampoco era seguro que encontráramos nada donde nos dirigíamos.

—Creo que están mucho mejor aquí. El mundo se ha vuelto muy peligroso, y donde nosotros nos dirigimos puede que no encuentren nada más que dificultades —les dije.

Sus caras no mostraban mucha satisfacción. Parecían decepcionadas. Mike me miró intrigado. Imagino que pensaba que aquel comportamiento no era muy normal en mí, pero lo que no sabía era que me sentía culpable por todas las personas que habían muerto por confiar en mí. Además, tenía la impresión de que el diablo destruiría a todos los que estuvieran a mi lado, rabioso por no poder hacerme daño a mí.

—Por favor, llévennos con ustedes —dijo Margot.

—Dejen a Tes que lo piense un poco. Ahora será mejor que comamos. La noche será larga y tendremos que hacer turnos para vigilar a los gruñidores; ayer estaban muy inquietos. Además, al quemarse la ciudad, puede que se añadan nuevos monstruos a los que venían regularmente —dijo Amalia.

Comimos en silencio. Todo estaba exquisito, y después de la noche anterior sentía que volvía a recuperar fuerzas. Cuando terminamos la comida, trajeron café. No lo había probado nunca, pero me supo de maravilla, sobre todo al tener algo de leche fresca.

—Están muy bien aquí. Si aprenden a defenderse, no creo que los gruñidores entren —comenté a Amalia mientras me tomaba el café.

—No creo que resistamos mucho tiempo. Esos monstruos cada vez parecen más impacientes, como si estuvieran esperando que algo ocurriera —dijo Amalia.

—Están inquietos, eso es verdad, pero la tapia es alta, la puerta parece segura, y terminarán por cansarse de estar esperando. En los próximos días comenzarán a emigrar hacia el este. Algo está a punto de suceder, algo que cambie todo de nuevo —le dije muy seguro de mí mismo, aunque no entendía de dónde provenía ese convencimiento. Posiblemente de mi esperanza de que al final se produjera la resurrección de todos los que habían desaparecido.

Mike, por primera vez desde que salimos, comenzó a interceder por ellas. Algo había cambiado en su mente, y ya no pensaba únicamente en su seguridad.

Cuando nos fuimos a dormir, mi hermano insistió en que nos lleváramos a las chicas.

—¿Por qué tanta insistencia, Mike? —le pregunté algo sorprendido.

—Vi algo en la catedral —me contestó.

—¿Qué viste?

—Siempre pensé que todo lo que hablabas era producto de tu imaginación, que en el fondo deseabas que lo que creían nuestros padres fuera cierto. No querías perder la esperanza, pero yo también lo vi anoche —dijo Mike.

—¿Lo viste? —le pregunté.

—Sí, era el diablo. Cuando entré a la catedral para sacarte, pensé que tendría que enfrentarme a los gruñidores. Esos monstruos ya no me dan miedo, incluso siento lástima por ellos; pero aquel diablo estaba allí, entre las llamas sin quemarse —me dijo.

—¿Qué pensaste al verlo?

—Tuve mucho miedo. Dudé si irme o no, pero no quería volver a abandonarte. Prefiero morir que quedarme otra vez solo. Eres lo único que me queda en este mundo. Por eso disparé; sabía que las balas no podían hacerle daño, aunque estaba seguro de que al menos le distraerían —comentó Mike.

—Fue buena idea —le dije mientras le ponía la mano sobre el hombro.

Nos abrazamos y comenzamos a llorar. Llevábamos mucho tiempo sin poder expresar nuestros sentimientos. Demasiado asustados incluso para reconocer que teníamos miedo, pero ahora todo aquello daba igual.

Escuchamos unos cristales rotos y me asomé a la ventana. Cientos de gruñidores estaban al otro lado de la tapia. Algunos empujaban la puerta principal, haciendo presión para derribarla, y otros lanzaban piedras contra los cristales.

—¿Qué sucede? —preguntó Mike mientras se asomaba a la ventana.

Los gruñidores cada vez empujaban con más fuerzas; si continuaban forzando la puerta del jardín, al final terminaría por ceder.

—Será mejor que hagamos algo —le dije mientras nos poníamos los zapatos y tomábamos los fusiles.

Bajamos a toda velocidad hasta el recibidor. Todas las chicas estaban con sus camisones frente a la puerta. El miedo podía verse en sus ojos.

—¿Tienen armas en la casa? —les pregunté.

—No —respondió Amalia.

Escuchamos un fuerte golpe y, cuando abrí la puerta, observamos con estupor que los gruñidores estaban subiendo la ladera en dirección a la mansión. No teníamos mucho tiempo; en cuestión de minutos estarían en la casa.

CAPÍTULO XL

RUEDAS DE FUEGO

MIKE Y YO CORRIMOS HACIA el granero. Necesitábamos algunas balas de paja grandes para intentar frenar a los gruñidores. Conseguimos hacer rodar dos grandes y las llevamos hasta el camino de acceso a la casa. Las chicas nos ayudaron a rociarlas con aceite, y cuando los gruñidores estuvieron muy cerca, las prendimos y las lanzamos cuesta abajo.

Algunos de los monstruos lograron esquivar las balas de paja, pero logramos que se incrustaran en la puerta impidiendo que entraran más gruñidores.

Las chicas llevaban algunas antorchas encendidas para asustar a los monstruos que corrían de un lado al otro del jardín. Nosotros logramos abatir a media docena en un momento, pero otros muchos se escondían en el granero o por la zona del huerto. Necesitábamos varias horas para eliminar a todos y, lo que era peor, sabíamos que cuando se apagara el fuego de las balas de paja, volverían a entrar en el colegio.

Margot y otras chicas se encargaron de alimentar el fuego de la puerta, para que durara al menos toda la noche. Al despuntar el sol habíamos controlado la situación, pero estábamos agotados.

Por la mañana, reunimos todos los cuerpos y los pusimos en un lado del jardín. Después pudimos descansar un poco, y antes del mediodía estábamos todos reunidos en el comedor.

—No pueden dejarnos aquí —dijo Amalia.

No supe qué responder. Tenían razón, era una locura dejarlas allí solas.

—Vendrán con nosotros —dijo Mike.

—¿Tienen algún medio de transporte? —les pregunté.

—En el garaje hay un viejo autobús escolar, pero no sabemos si funciona —dijo Margot.

Mike, Margot, Amalia y yo fuimos hasta el garaje. Parecía un cobertizo repleto de trastos. Incrustado dentro había un desgastado y medio oxidado autobús amarillo. Mientras yo subía para intentar arrancarlo, mi hermano abrió el motor. Giré la llave, pero el autobús no se encendió.

—No funciona —dije a Mike.

—Puede que sea la batería, seguramente esté desgastada —comentó.

—Tienen luz eléctrica, ¿verdad? —les pregunté.

—La ponemos algunas horas al día. Las monjas habían instalado en la casa placas solares y un molino de energía eólica —dijo Amalia.

Margot conectó la luz e intentamos cargar la batería. Cuando volvimos a probar, el motor se puso en marcha. Cargamos el depósito con algunos bidones de combustible que había en el garaje, y las chicas avisaron al resto de sus compañeras para que cargaran lo más rápidamente posible comida, agua y todo lo que pudiéramos necesitar para el viaje.

Sabíamos que antes de ponerse el sol los gruñidores volverían, así que teníamos que darnos prisa.

Una hora más tarde estábamos preparados para salir. Mike había comprobado el aceite y la presión de las ruedas, y el autobús estaba a punto para partir. No creíamos que nos llevara hasta Florida, pero si al menos nos sacaba de Nueva Orleans sería más que suficiente para empezar.

Despejamos la entrada del colegio, y a las tres de la tarde estábamos saliendo en dirección a Jacksonville. Tuvimos que retroceder por la carretera 46 y tomar la interestatal 10. Una hora más tarde cruzamos el puente del lago Pontchartrain. La carretera estaba despejada y no encontramos ningún obstáculo en el camino. Antes del anochecer habíamos llegado a la ciudad de Mobile, la primera gran urbe del estado de Alabama.

CAPÍTULO XLI

A LAS AFUERAS DE JACKSONVILLE

NINGUNO DE LOS VIAJES QUE habíamos hecho desde que saliéramos de Ione fue tan rápido y tranquilo como el que nos llevó hasta Jacksonville. Después de pasar Mobile y Pensacola, la interestatal 10 se alejaba del mar. Las zonas pantanosas y los mosquitos se quedaban a un lado, pero el calor persistía.

Dormimos cerca de Tallahassee, una ciudad pequeña, algo desorganizada y provinciana, pero que parecía un lugar bastante tranquilo en el que vivir.

Desde Nueva Orleans apenas habíamos visto gruñidores, como si se los hubiera tragado la tierra o algo mucho peor. Temíamos que se estuvieran concentrando en algún lugar de la costa este, para dar su golpe definitivo a lo que quedaba del nuevo gobierno de Estados Unidos.

Las chicas parecían encantadas de viajar. En los últimos siete años no habían salido de su colegio, y aquello era una aventura para ellas.

Mike hizo muy buenas migas con Charlotte. La delgada y frágil rubia que habíamos rescatado en Nueva Orleans era mucho más fuerte y valiente de lo que habíamos imaginado en un principio.

Cuando pasamos Lack City, nos internamos en un bosque. Durante horas no vimos nada más que árboles. No había granjas, casas o cualquier signo de civilización. Al atardecer, el paisaje cambió por completo. Extensos campos de cultivo se extendían por el horizonte, y a medida que nos acercábamos a Jacksonville parecían más cuidados y fructíferos.

Decidimos pasar la noche a unas pocas millas de la ciudad. No queríamos acercarnos una vez que se pusiera el sol.

Estacionamos el autobús a las afueras de Baldwin y cenamos algo ligero antes de irnos a dormir. Cuando todo estuvo en calma, decidí salir a dar un paseo por los alrededores. No había avanzado mucho cuando escuché un ruido a mi espalda. Me giré y apunté a la sombra que se movía en la oscuridad.

—No dispares, soy yo —dijo Amalia.

La chica se acercó un poco y pude ver perfectamente su cara ovalada, su cabello castaño recogido en trenzas y su cuerpo algo larguirucho. Desde el primer día que la vi me recordó un poco a Susi. No porque fueran muy parecidas físicamente, más bien por algo en su mirada y en la forma que tenía de moverse.

—Es peligroso acercarse a alguien por la espalda en plena noche. Pudiera haberte dado un tiro —le dije.

—También es peligroso pasear solo por la noche. Pensé que sería buena idea acompañarte —contestó la chica.

Caminamos hasta las afueras de la ciudad; no se veían gruñidores. De alguna manera, alguien los había espantado de todo el oeste del estado o ellos mismos se habían ido más al norte.

A un lado y otro de la carretera crecía un bosque espeso y salvaje en el que nunca me hubiera internado solo. Se escuchaban todo tipo de ruidos, pero no me importaba. Había aprendido que lo único que debemos temer es a nosotros mismos. Somos capaces de superar todo tipo de problemas cuando tenemos la valentía de seguir adelante, pase lo que pase.

—¿Crees qué habrá gente en Jacksonville? —preguntó Amalia.

—Sí, pero no sé exactamente cómo será. Me lo imagino como «Villa Esperanza» en San Diego. Aunque aquello terminó tan mal, que espero que no vuelva a repetirse lo mismo —le comenté, intentando ser lo más sincero posible.

—A veces nos acostumbramos a no tener demasiadas esperanzas, pero eso no es bueno. Puede que suframos menos, pero vivir sin ilusión no es vida. No me acuerdo cómo eran mis padres, y eso que tenía unos diez años cuando los vi por última vez. He visto morir a las monjas que me criaron y a algunas compañeras. Todo lo que me ha pasado en estos años ha sido triste, pero creo que las cosas pueden cambiar —dijo Amalia.

Sus palabras me emocionaron. La fuerza de la esperanza es capaz de cambiar el mundo. No importa lo mal que esté todo, si luchamos, al final conseguiremos nuestro sueños, pensé mientras nos acercábamos a los primeros edificios.

Aquel pueblo estaba en mitad del bosque, completamente integrado en la naturaleza y poco a poco, el bosque volvía a devorarlo, como si únicamente le hubiera prestado aquel espacio por un poco de tiempo. A veces tenía la sensación de que los seres humanos podríamos desaparecer del mundo y que este seguiría su marcha sin nosotros. Dentro de mil años seríamos apenas un vago recuerdo.

—Mañana lo descubriremos. Llevo viajando meses y he visto muchas cosas, algunas esperanzadoras y otras demoledoras. He perdido amigos y he hecho otros, pero no he perdido la esperanza. Mi vida tiene un propósito, cada uno de nosotros debe cumplir un cometido. De otra manera este mundo no tendría ningún sentido —dije a la chica.

—Puede que tengas razón. No sé cuál puede ser el sentido de mi vida, pero tal vez necesite estar cerca de alguien como tú para descubrirlo —dijo la chica.

—Yo no puedo hacer nada para que lo descubras, pero Dios sí. Él te ayudará a descubrir el sentido de tu vida y a entender por qué has tenido que pasar todo lo que has pasado —dije a Amalia.

Regresamos a nuestro improvisado campamento como dos estudiantes que han salido a dar un paseo en uno de los últimos días de vacaciones, cuando se acerca de nuevo la cruda realidad. No puedo negar que para mí fue un paseo especial. Tuve la sensación de que algo que creía muerto en mi interior volvía a reverdecer, y eso me hizo sentir feliz.

Capítulo XLII

JACKSONVILLE

LA CIUDAD DE JACKSONVILLE SE extendía en una gran llanura y estaba rodeada por agua en casi su mayor parte. Parecía un lugar estratégico para construir una base militar. Por el este, la ciudad estaba protegida por el océano Atlántico, al oeste por los pantanos, al igual que al norte. El único lugar que parecía más vulnerable era el sur de la ciudad. Entramos por la interestatal 10 y apenas vimos destrozos en las afueras de la ciudad. Las casas estaban en buen estado y la carretera despejada, como si la urbe hubiera estado en pleno funcionamiento hasta hacía poco tiempo.

La ciudad era muy verde, y por todas partes había grandes jardines, casas amplias y avenidas rectilíneas que se perdían en el horizonte. Los primeros cambios los vimos al llegar al puente Fuller Warren. Las casas más próximas a la orilla estaban quemadas, como si se hubiera producido una batalla en aquella zona. El puente estaba quemado en algunos tramos y había vehículos abandonados por todas partes, como si se hubiera hecho una evacuación de la parte oeste de la ciudad a la parte este.

Cuando nuestro autobús llegó hasta el otro lado del puente, vimos lo que parecía un puesto de vigilancia abandonado. No había cuerpos, pero sin duda hacía algunas semanas se había luchado en aquel mismo lugar.

—Parece que se ha producido una gran batalla por aquí —me dijo Mike, que estaba sentado junto a mí en la zona al lado del conductor.

—Puede que fuera al mismo tiempo que el ataque que se produjo en San Diego. Lo que confirmaría que el ataque de los gruñidores fue coordinado —le comenté.

—Espero que no cayera la base de Jacksonville. Ya no nos quedan muchos lugares a los que ir —dijo Mike algo preocupado.

Continuamos por la interestatal 10 hasta la zona de las playas. Pasamos otros dos puestos de vigilancia abandonados, en los que también había habido lucha. Después fuimos hacia el norte, la zona de la base militar.

La carretera 101 terminaba justamente en el gran complejo naval de la zona. Nos alegró ver lo que parecía ser el primer perímetro de seguridad.

Antes de llegar a la verja, un vehículo militar salió a nuestro encuentro y nos ordenó que detuviéramos el motor.

Nos pusimos a un lado y vimos cómo cuatro soldados armados salían del vehículo y nos miraban a través de las ventanas. Un sargento se acercó a mi ventanilla y me preguntó:

—Por favor, ¿pueden identificarse?

—Soy el capitán Teseo Hastings, uno de los supervivientes de «Villa Esperanza», en San Diego, California.

Capítulo XLIII

«VILLA PROSPERIDAD»

EL COMPLEJO MILITAR DE LA ciudad era mucho más grande que el que habíamos visto en San Diego. En cuanto llegamos, nos asignaron un barracón y una unidad, pero antes nos hicieron pasar algunos exámenes médicos bastante exhaustivos.

Cuando llegó la tarde, ya estábamos algo cansados de análisis de sangre, pruebas y batas blancas. Por la noche nos dejaron ir a los barracones y cenar con nuestro batallón, pero al día siguiente tenía que reunirme con el general Brul.

Dormí de un tirón, sin tener que preocuparme por vigilar, hacer turnos o afinar el oído para asegurarme de que no éramos atacados por sorpresa. Cuando me miré en el espejo tras ponerme el uniforme, sentí que estaba de nuevo seguro. Ya no era un individuo recorriendo el país en busca de ayuda; formaba parte de la reconstrucción del gobierno federal. Por la mañana desayuné con mi hermano, y después un cabo me llevó en un auto hasta el edificio del alto mando.

Pasamos dos controles antes de acceder a la planta en la que estaba el general. Después recorrimos interminables pasillos, y por fin llegamos a la guarida del alto mando.

No era consciente de que habíamos descendido al menos tres o cuatro plantas. La luz artificial del techo era la misma que en las plantas superiores. El cabo llamó a la puerta y el general nos pidió que pasáramos.

—Capitán Teseo Hastings —me presenté.

—Siéntese, capitán. Es increíble que hayan llegado hasta aquí por sus propios medios. No han quedado muchos supervivientes de la base en San Diego —comentó el general.

—Logramos escapar en un portaviones, pero unos gruñidores nos engañaron en México —le expliqué.

—Ya lo sé —dijo el general Brul.

—¿Cómo es posible que lo sepa? —pregunté extrañado.

—Nuestra base estaba comunicada con la suya, pero esa no es nuestra única fuente de información —dijo el general.

Me quedé pensativo, pues no entendía a lo que se refería.

—El portaviones llegó aquí hace una semana. El barco estaba muy deteriorado y había perdido a dos terceras partes de los tripulantes. Resistió el ataque que usted ha descrito y logró pasar por el Canal de Panamá. Le aseguro que ha sido una verdadera odisea para ellos —dijo el general.

—¿Ha sobrevivido el doctor Sullivan? —le pregunté, sin poder contener la emoción.

—Por desgracia, el doctor Sullivan murió en el ataque, pero al menos hemos podido salvar su trabajo. Estamos intentando perfeccionar la cura. Cada día, medio millar de nuestros hombres recae en la enfermedad; a ese ritmo, lo que no han conseguido los gruñidores, terminará por conseguirlo la peste —dijo el general Brul.

Me entristeció saber la suerte del doctor Sullivan. No se merecía morir de esa manera, pero al menos su trabajo se había salvado.

—Hemos sufrido un ataque constante desde hace cuatro semanas. Logramos resistir, pero mucha población civil murió. Antes dominábamos hasta casi la ciudad de Pensacola, pero ahora apenas controlamos el perímetro de la base. Hemos perdido muchos aviones y helicópteros y también tanques. Esos gruñidores cada vez luchan mejor —dijo el general.

—Pero vencieron —comenté.

—No vencimos. Lo cierto es que cuando estábamos a punto de sucumbir, los gruñidores nos dejaron y se fueron hacia el norte. Tenemos informes que nos avisan de que millones están acercándose a nuestra base en la ciudad de Washington. Allí está el Presidente y el Congreso recién reconstituido. De alguna manera, los gruñidores después de debilitarnos han pensado que es mejor atacar directamente a la cabeza —me explicó el general.

—Es increíble —le contesté.

El general extendió un extenso mapa sobre la mesa.

—Todas nuestras bases están enviando refuerzos. Nosotros no podemos enviar muchos hombres, pero en unos días saldrán varios destacamentos en dirección norte. Todos ellos en barcos. Es la única manera de que lleguen a tiempo. No tenemos muchas reservas de combustible, pero esperamos una gran batalla en las dos próximas semanas en los alrededores de nuestra capital —dijo el general.

—Me gustaría unirme a la expedición —le dije.

—Contaba con ello. Necesitamos hasta el último hombre, y usted tiene mucha experiencia de combate —dijo el general.

—Gracias, señor.

—En dos días partirán los barcos. Espero que pueda descansar un poco antes de su nueva misión —dijo el general.

—Gracias, señor —dije mientras me ponía en pie.

Mientras regresaba a mi batallón, no dejaba de pensar en aquel asalto final. Tenía la sensación de que la batalla estaba perdida. Ninguna fuerza humana podía enfrentarse al mal y salir victoriosa, pero no sería yo el que dejara de luchar. Ofrecería hasta la última gota de mi sangre para que triunfaran la verdad y la justicia.

CAPÍTULO XLIV

UN PASEO POR LA ORILLA DEL OCÉANO

AQUELLA MAÑANA LA TOMÉ LIBRE. Tenía permiso para relajarme y conocer la base. Fui a buscar a mi hermano, y junto a las chicas recorrimos la zona de la costa. Era hermoso pasear por la playa sin preocupaciones. Ver las olas mientras besaban la arena de la playa y sentir la brisa sobre la piel.

La arena era formidablemente blanca, y el cielo azul parecía brillar con tal fuerza que era capaz de disipar las amenazas más sombrías. Yo caminaba al lado de Amalia, y Mike al lado de Charlotte.

Caminábamos por la arena. No había un paseo marítimo, los bosques llegaban hasta las dunas y tenías la sensación de ser el primero en llegar a esas costas. Pensé cómo debieron de sentirse los primeros colonos al pisar tierra.

—Nos han salvado la vida —dijo Amalia.

—Todavía es pronto para agradecer nada. En unos días estaremos combatiendo juntos en el norte. Puede que únicamente estemos retrasando lo inevitable —le comenté.

—No me gusta que hables de esa manera. Tú no eres así —dijo la chica frunciendo el ceño.

Había algo que no le había contado a nadie en los últimos días, pero comenzaba a notar cambios en mi cuerpo. De alguna manera, la peste poco a poco comenzaba a controlarme. El proceso se había acelerado tras la muerte de Susi. El resentimiento y la furia por su muerte habían agravado mi enfermedad, y en eso tenía razón el diablo cuando me lo había advertido en Nueva Orleans.

—Es una tontería pensar lo que puede o no puede suceder. Nadie es dueño de su destino, que sea lo que Dios quiera —le comenté.

Charlotte se acercó a nosotros, y con una gran sonrisa nos dijo:

—Esto es precioso. Podríamos sentarnos un rato frente al océano.

Margot hizo un gesto de burla. No parecía estar muy cómoda con sus compañeras. Todas pensaban que nos gustaban sus dos amigas.

Al final optaron por dejarnos a solas y continuar paseando.

Nos acercamos un poco más a la orilla y simplemente observamos el horizonte; era tan relajante escuchar las olas, sentir la brisa y respirar aquel aire puro y refrescante, que pasamos algunos minutos en silencio.

Mike y Charlotte se pusieron de pie y se alejaron unos pasos, y un minuto después observé que paseaban de la mano, mientras el agua mojaba sus pies.

—¿Crees que podrás sentir lo mismo por mí alguna vez? —me preguntó Amalia.

No sabía qué responder. En ese momento se agolparon en mi mente los recuerdos. Seguía extrañando a Susi, también a Katty, pero sobre todo no creía que me quedara mucho tiempo de vida. Aquel oscuro pensamiento terminó por romper el encanto de la tarde, como una tormenta que llega de repente y nos obliga de nuevo a encerrarnos en nosotros mismos.

CAPÍTULO XLV

LA PARTIDA

LA PREPARACIÓN ANTES DEL VIAJE a Washington fue muy dura. El entrenamiento y el adiestramiento con nuevas armas duró todo el día. Por la noche regresamos a nuestros barracones agotados, pero con la sensación de que, por primera vez, éramos un ejército de verdad. La única manera de vencer a un enemigo superior en número es la disciplina, pero es difícil aplicar la disciplina a un grupo de jóvenes que están acostumbrados a luchar en solitario.

La mañana de nuestra partida me encontraba bastante contento, casi eufórico. Mike y yo estábamos más unidos que nunca y tenía la sensación de que por primera vez en mucho tiempo, nada podía separarnos.

Pasamos toda la mañana repasando los equipos. Teníamos mucha munición, comida y un buen sistema de comunicación. Al medio día, el alto mando llamó a los oficiales para explicar la estrategia. El general Brul nos animó y casi convenció de que la victoria estaba al alcance de nuestra mano.

—Elijan hoy entre vencer o caer derrotados. A veces pensamos que la victoria no depende de nosotros, pero les aseguro que lo que hay en nuestro interior es más importante que lo que hay fuera. Nuestros enemigos son muy numerosos, son despiadados y no se rendirán jamás, aunque nosotros podemos igualarles en su determinación y arrojo, pero sobre todo en los principios y valores que nos animan a luchar —el general nos miró a todos y después continuó su discurso.— Luchar es siempre difícil; muchos de ustedes morirán en el intento, pero merece la pena sufrir por una causa justa. Nuestra nación ha soportado en estos años la prueba más dura de su historia, pero con la ayuda de Dios, venceremos y superaremos todas las pruebas.

Todos asentimos con la cabeza, y tras una breve oración salimos de la sala de reuniones con la sensación de que en esta última batalla tendríamos que triunfar. No habría muchas más posibilidades de luchar; nuestras fuerzas se agotaban y los gruñidores eran cada vez más despiadados e inteligentes.

La flota salió a las 5 de la tarde. Pasamos dos horas de pie hasta embarcar en el portaviones Liberty. En total, más de quince barcos de diferentes tamaños formaban la flota de rescate. Nuestro barco era uno de los de retaguardia, por eso tuvimos que esperar tanto para subir a bordo.

Cuando estuvimos acomodados en los camarotes, pudimos relajarnos un poco y cenar. A mis amigos y a mí nos tocó en el tercer turno. La comida fue frugal, pero al menos estaba caliente y sabrosa. Antes de irnos a dormir, Mike y yo subimos a cubierta.

La noche era estrellada, y el tiempo era inmejorable a pesar de las tormentas típicas de esa época del año. Una de las cosas que más había cambiado desde la Gran Peste habían sido las condiciones meteorológicas. Al dejar de producir tanto CO_2, la atmósfera se había regenerado rápidamente. Los bosques crecían de día en día y las lluvias solían ser más copiosas y continuadas. Pero aquella noche no había ni una nube en el firmamento.

—¿Tienes miedo? —me preguntó Mike.

—No estoy seguro de que sea miedo, pero enfrentarse a la muerte nunca es fácil —le contesté.

—Yo tengo miedo y es extraño, pues durante todo este tiempo no lo había tenido. Consideraba la vida como un juego, a veces peligroso, pero siempre divertido. Ahora ya no pienso de esa manera —dijo Mike, pensativo.

A veces se me olvidaba que mi hermano era muy joven. La Gran Peste nos había obligado a todos a madurar rápidamente, pero yo al menos había disfrutado de una infancia normal. Me preguntaba cómo eso podía afectar al carácter de la gente. La infancia es un ensayo para la vida, por eso jugamos, que en el fondo es recrear el mundo de los adultos. ¿Cómo será un mundo en el que los niños son adultos prematuros?, me pregunté.

—El miedo no es malo en sí mismo. Es normal que lo desconocido nos produzca temor. A pesar de que esta vida no es una fiesta, al menos uno termina acostumbrándose a sobrevivir cada día —le contesté.

—También estoy sorprendido de lo que siento por Charlotte. Nunca había sentido nada así por una chica —dijo Mike algo avergonzado.

—El amor siempre nos sorprende y llega hasta nosotros de manera inesperada —le comenté.

—Espero que sobrevivamos; tengo curiosidad por cómo será nuestra vida cuando seamos más mayores —dijo Mike.

Aquellas palabras me recordaron que desde hacía días notaba el deterioro de mi cuerpo, como si al final el virus hubiera terminado por vencer las pocas resistencias que le quedaban a mi cuerpo. Hacía semanas que había cumplido dieciocho años, y era un milagro que aún me mantuviese con vida o no me hubiera convertido en un gruñidor.

—Será mejor que nos vayamos a dormir. Tardaremos tres días en llegar a Washington, pero tendremos instrucción en el viaje —comenté a mi hermano.

Mientras nos dirigíamos a nuestros camarotes, no dejaba de pensar en que la última batalla no podríamos vencerla con las armas humanas. Por eso rogué a Dios que nos diera las fuerzas, hasta que llegaran los refuerzos que Él tendría que enviarnos, para poder vencer.

CAPÍTULO XLVI

SAVANNAH

POR LA MAÑANA, EL TIEMPO cambió de manera radical. Cuando nos encontrábamos frente a las costas del estado de Georgia, una fuerte tormenta tropical, que se podía convertir en huracán, comenzó a sacudirnos. El barco, a pesar de su gran envergadura, parecía un cascarón de nuez.

Logré subir a cubierta, a pesar de los vaivenes del barco, y asistir a la reunión del alto mando. Cuando entré en la sala, me sorprendió ver la entereza de los oficiales de la marina, mientras que el resto de nosotros estábamos muy mareados. El general Brul nos pidió que nos acercáramos al gran mapa de la mesa y nos comentó la situación:

—Parece que esta ligera tormenta se convertirá en huracán dentro de unos días. Eso significa que toda la flota está en peligro. En la actualidad no tenemos ningún satélite en funcionamiento, por lo que se hace mucho más difícil prever el tiempo. Pero será mejor que les explique esto el capitán Walter Pappe.

—Señores, nos encontramos ante un huracán, posiblemente uno de los más grandes de los últimos cincuenta años. El clima está cambiando rápidamente, y a partir de ahora todas las perturbaciones atmosféricas serán mucho más graves. Es difícil calcular el grado del huracán y cuándo nos alcanzará de lleno, pero debemos resguardar la flota. El problema está en encontrar un puerto protegido en el que entren todos nuestros barcos —dijo el capitán Pappe.

Yo no entendía mucho sobre meteorología, pero imaginaba que un huracán era capaz de hundir hasta el barco más grande.

—Miren aquí —dijo el capitán Pappe señalando el mapa. Después continuó diciendo: —El único puerto seguro es el de Charleston en Carolina del Sur. Pero aún nos quedan unas doce horas para llegar hasta allí. Si el huracán se intensifica antes de esa hora, puede que parte de la flota o la flota entera se hunda.

Se hizo un gran silencio. No esperábamos que nuestro principal obstáculo fuera curiosamente la propia naturaleza. Yo pensé inmediatamente que a lo mejor la meteorología reflejaba el estado espiritual del mundo. Me pregunté qué tipo de lucha se estaba desatando en el cielo para que hubiera tanta oposición a nuestro avance hacia Washington.

—Esa no es la única mala noticia —comentó el general Brul—; el ataque de los gruñidores ya ha comenzado en la capital. En unas horas han conseguido arrebatarnos el norte de la ciudad. Nos piden ayuda desesperadamente, y nosotros tenemos que detenernos al menos doce horas en un puerto.

—A veces, los imprevistos son buenos —les comenté.

Todos me miraron como si hubieran visto a un extraterrestre, y me puse rojo de la vergüenza, pero intenté explicarme.

—La lucha contra el mal no podemos librarla con nuestras fuerzas, hay algo más que un ejército enemigo. Esos gruñidores están movidos por fuerzas oscuras —les comenté.

—¿A qué se refiere, capitán? —preguntó el general Brul.

—El doctor Sullivan descubrió que la Peste estaba producida por la inclinación del ser humano hacia el mal. Nosotros hemos modificado nuestro ADN, pero hay fuerzas diabólicas que produjeron el cambio en los gruñidores y que los controlan. Podemos eliminar uno a uno a todos los gruñidores, pero si logramos neutralizar a los príncipes demoniacos que los gobiernan, dejarán de luchar —les expliqué.

—Tengo la sensación de que este joven está hablando de una película de ciencia ficción —dijo uno de los oficiales, y el resto estalló en una carcajada.

Me ofusqué por la reacción de los oficiales, pero el general les mandó callar y comentó:

—Por favor, caballeros. Somos un pueblo temeroso de Dios. No hay nada en el mundo que suceda sin su permiso. No sé mucho de cosas espirituales, pero si no nos encomendamos a Él, nuestra victoria será imposible.

Todos miraron sorprendidos al general. Después se hizo un silencio y el resto de oficiales volvió a mirarme, esta vez con más respeto.

—Pediremos a la flota que se una en oración y ayunaremos todo el día, para suplicar que el huracán no nos alcance en mar abierto —dijo el general.

Cuando terminó la reunión, el general me pidió que me quedara un rato más.

—Capitán Teseo Hastings, me gustaría que me explicara bien todas esas teorías espirituales.

Pasamos un par de horas hablando. Le comenté mis experiencias con los jefes de los gruñidores, mi descubrimiento sobre las zonas en las que mandaban ciertas fuerzas demoniacas, y la esperanza de la resurrección. El general me escuchó con atención sin hacer ningún comentario. A veces ponía cara de sorpresa, pero cuando terminé de hablar me dijo:

—Gracias por contarme todo eso. Algunos le tomarán por loco, pero cualquier marino sabe que Dios es el invitado de honor en un barco. Haremos todo lo posible por ganar en esa batalla invisible que me ha contado.

—Gracias, señor —le contesté.

Mientras regresaba a mi camarote tenía una extraña sensación, aunque no era la primera vez que me sucedía. Cuando hablaba a alguien de la realidad espiritual que nos rodeaba, después pasaba varias horas angustiado, como si algo por dentro me hubiera desgastado.

Me tumbé en mi cama sin hablar con Mike e intenté descansar, y mientras dormía tuve un sueño misterioso, que hizo que la desazón que sentía aumentara cuando al final me desperté.

Capítulo XLVII

EL SUEÑO ANTES DE LA TORMENTA

YA ME HABÍA ACOSTUMBRADO A mis sueños premonitorios, pero a veces eran tan extraños que al despertarme continuaba igual de confundido. Aquella tarde en el camarote, la sensación no fue distinta.

El sueño comenzaba en lo que parecía una gran sala del trono. Yo entraba por una puerta al fondo de la sala y veía una gran multitud de guerreros que me daban la espalda. Una larga alfombra roja llegaba hasta el trono, que estaba sobre una amplia plataforma. El trono estaba ricamente adornado. Era de oro macizo y resplandecía con la luz que entraba por unos grandes ventanales de colores que había a la derecha del salón.

Comencé a caminar por el pasillo, pisando la mullida alfombra roja, cuando escuché cómo la gente comentaba: ¿Quién se sentará en el trono? ¿No hay nadie que sea digno? ¿Cómo venceremos?

Aquellos comentarios me angustiaban, pues toda aquella multitud estaba atemorizada y desorientada. Yo mismo comencé a ponerme nervioso e impacientarme. Cuando llegué frente al trono y lo observé más detenidamente, me quedé admirado por su belleza. Estaba tapizado de púrpura, y las patas simulaban los troncos de un árbol rodeado por hojas de enredadera. Los apoyabrazos tenían forma de cabeza de león. En la parte alta del trono, sobre el respaldo, había una corona y un cetro. Si te fijabas bien, veías que la corona no era normal, más bien parecía una corona de espinas.

Todo el mundo seguía clamando y hablando. Entonces la sala se oscureció, y por la puerta que había entrado comenzó a desfilar un hombre rubio, alto y musculoso. Le seguía una comitiva de doce hombres fuertes, todos eran muy bellos y vestían ropas reales. Sus rostros brillaban en la oscuridad. La gente congregada comenzó a aplaudir, pero a medida que se aproximaban al trono, pude ver algo en sus ojos que me inquietó. Su mirada reflejaba un mal antiguo y milenario que había regido el mundo. Entonces me acordé de

Nueva Orleans; aquel era el mismo que se me había aparecido en medio del fuego.

—¡Cuidado! —grité—, ese no es el Rey de reyes, es un impostor.

La multitud parecía no hacerme caso, extasiada ante el hombre que se acercaba al trono. Yo intenté advertirles, gritarles, pero estaban sordos y ciegos.

Un fuerte viento comenzó a soplar fuera, y nubes negras se movían a toda velocidad en el cielo. Entonces los cristales estallaron y la tierra comenzó a temblar.

Cuando me desperté, el camarote se movía de un lado al otro. El suelo estaba lleno de todas nuestras cosas y Mike intentaba ponerse los pantalones, pero se caía de un lado al otro.

El huracán había llegado antes de lo previsto.

CAPÍTULO XLVIII

EL HURACÁN

NUNCA HABÍA VISTO NADA IGUAL. El barco se zarandeaba como en una atracción de feria. Mike y yo logramos subir al puesto de mando. El general Brul estaba al mando. A pesar de ser las siete de la mañana, parecía como si fuera noche cerrada. Algunas olas pasaban por encima de la cubierta de nuestro portaviones y caían al otro lado del barco.

—¿Cuánto queda para llegar a Charleston? —pregunté al general.

—Unas dos horas. Cuando entremos en la bahía, el oleaje no será tan fuerte —contestó.

—¿Cómo están los demás barcos? —le pregunté. No se podía ver nada por las gigantescas olas que nos rodeaban.

—Que sepamos, ya hemos perdido uno de ellos —comentó el general.

—¡Dios mío! —exclamó Mike.

—Lo peor está por venir, todavía no estamos en el ojo del huracán —dijo el general.

La costa estaba muy cerca. Si los barcos no resistían la embestida del viento, nos estrellaríamos contra las rocas, pero si nos alejábamos, podíamos perdernos en medio del océano.

En ese momento, no podíamos hacer otra cosa que rogar a Dios que calmara el huracán y nos dejara llegar hasta puerto seguro.

El capitán Pappe entró en el puesto de mando. Su cara reflejaba preocupación y cansancio. Tenía unas largas ojeras negras que deslucían sus grandes ojos verdes, como si unos nubarrones intentaran ocultar el sol del mediodía.

—Todavía no ha tomado toda su intensidad. No sé si resistiremos —comentó el capitán Pappe.

El barco se zarandeó y escuchamos un fuerte crujido. Nos miramos inquietos, ya que si el casco estaba roto, el barco se hundiría rápidamente. Varias alarmas saltaron en el panel de control y el general dio la orden de poner el barco a favor del tiempo. Eso nos alejaría del puerto, pero evitaría que el barco se rompiera por la mitad.

Capítulo XLIX

EN EL OJO DEL HURACÁN

LAS COSAS FUERON A PEOR. Me costaba pensar que estar en un barco en medio de uno de los huracanes más fuertes de la historia pudiera ir a peor, pero así fue. Varios aviones se desprendieron de las llaves de seguridad, y un helicóptero quedó colgando a un lado del portaviones, lo que hizo que el barco estuviera ligeramente inclinado. Parecía que nada podía salvarnos del huracán, cuando el viento empezó a amainar de repente.

—¿Qué sucede? —pregunté al ver que todo se calmaba.

—Estamos en el ojo del huracán —dijo el capitán Pappe.

—Pero, ¿en el ojo no debería haber peor tiempo? —preguntó Mike extrañado.

—No; justo en el ojo del huracán, sobre todo si está despejado, apenas hay viento ni olas. Cuanto más aguantemos aquí, más posibilidades tendremos de sobrevivir —comentó el capitán Pappe.

—¿Cuánto mide el ojo del huracán? —preguntó el general Brul.

—Entre los treinta y sesenta y cinco kilómetros de diámetro —dijo el capitán Pappe.

El general intentó ponerse en contacto con el resto de navíos, pero únicamente respondieron a la llamada seis; el resto estaba perdido. Cuando terminara el huracán, si lográbamos sobrevivir, tendríamos que intentar rescatar a los náufragos y buscar los barcos perdidos.

El general nos ordenó que aprovecháramos la calma para intentar arreglar los desperfectos ocasionados. Yo me dirigí con un equipo hasta el helicóptero que estaba colgando en el vacío, para intentar arrojarlo al mar.

Cuando llegamos y vimos los cables de acero, lo primero que intentamos fue quitar las argollas de seguridad, pero estaban atascadas.

—Será mejor que las cortemos —comentó Mike.

Trajeron una sierra mecánica, y tras casi media hora de trabajo, logramos lanzar el helicóptero al mar. Continuamos las labores de reparación. A media tarde estábamos agotados.

Aquella noche logramos pasarla en paz, y en el comedor pudimos reunirnos con Charlotte, Amalia y Margot. Las chicas estaban todavía algo asustadas, pero afortunadamente no les había sucedido nada.

—Pasamos la mayor parte del huracán en nuestros camarotes. No había estado tan mareada en toda mi vida —comentó Amalia.

—Yo creía que era el final —dijo Charlotte.

—Lo importante es que hemos sobrevivido todos —les comenté.

—Aunque con varios barcos desaparecidos, el huracán todavía activo y todo el material perdido, no será fácil hacer frente a nuestros enemigos —dijo Margot.

—¿Te acuerdas de lo que vimos en Nueva Orleans? A veces nuestras fuerzas parecen inferiores, pero después logramos derrotar a nuestros enemigos —le comenté.

Margot afirmó con la cabeza. Aquella lucha nos había marcado a todos. Entonces recordé mi sueño. El mismo ser espiritual de bello aspecto que había visto en Nueva Orleans era el que se quería sentar en el trono del Rey de reyes. No sabía si podríamos evitarlo, pero al menos lucharíamos para conseguirlo.

Por la mañana había cesado la tormenta, el huracán nos había alejado de tierra y estábamos más al norte; aproximadamente frente a Norflok, en el estado de Virginia. Los seis barcos que nos habíamos mantenido unidos nos acercamos hacia tierra. La base naval de la ciudad era muy segura y allí había una colonia del nuevo gobierno.

Cuando entramos en la bahía, observamos las bellas playas de arena blanca de la ciudad. El huracán había destrozado algunas casas de la costa, pero en su conjunto, la ciudad parecía conservarse bien.

Nuestro portaviones cerraba la formación de barcos. Entramos en la parte del puerto. Únicamente había un viejo destructor anclado en la dársena.

Los primeros barcos comenzaron a atracar lentamente, el nuestro estaba justamente entrando cuando escuchamos una explosión. Mike y yo subimos a toda velocidad a la cubierta. Alguien nos estaba atacando desde tierra.

CAPÍTULO L

NUEVAS COMPLICACIONES

EL PRIMER BUQUE SUFRIÓ MUCHOS daños y no tardó en hundirse. La sorpresa nos había dejado indefensos ante las baterías del puerto. El general Brul intentó responder al fuego enemigo, pero al final optó por retirar los barcos que seguían a flote. Antes de salir del puerto, otro de los destructores se hundía rápidamente.

Mientras algunos de nosotros intentaban defenderse del ataque, otros rescataban a los supervivientes del agua. Mike y las chicas fueron destinados a apagar los incendios que los impactos de las baterías del puerto nos habían causado, pero el caos reinaba por doquier.

Cuando llegué al puente de mandos, un misil había alcanzado en parte la cabina, y el piloto, junto a buena parte del estado mayor, estaban muertos.

No sabía qué hacer. La línea de mando se encontraba rota y el barco a la deriva. Me comuniqué con Mike y le pedí que localizara al piloto de reserva. Diez minutos más tarde, habíamos recuperado el rumbo y salido de la bahía. Al ser el oficial de mayor graduación, convoqué una reunión urgente con los oficiales de los cuatro barcos supervivientes.

Mientras estábamos en mitad de la batalla, la sangre fría me había permitido estar más tranquilo, pero ahora comenzaba a darme cuenta de que gobernar una armada entera era algo que me superaba.

Por la noche llegaron los oficiales de todos los barcos. Nos reunimos en una sala inferior, ya que la sala de mandos estaba muy deteriorada.

Algunos de los oficiales eran mayores que yo y tenían más experiencia, por eso lo primero que hice fue ofrecerles el mando.

—Creo que llevar el control de la misión le corresponde a personas con más edad y experiencia. Lo único que puedo hacer es terminar de hundir los pocos barcos que nos quedan —dije a los oficiales

—Creemos que tú eres la persona indicada. Has demostrado valor y tienes experiencia. Has combatido en San Diego y San Francisco, por tanto no creemos que nadie mejor nos pueda liderar —dijo el capitán de uno de los destructores.

Intenté asimilar aquella responsabilidad. Era cierto que no era la primera vez que lideraba un ejército, pero mi experiencia en el mar era muy limitada.

—Está bien, haremos lo que podamos. Será mejor que tracemos un plan para hacernos con esta base. Tenemos que esperar aquí hasta que nos alcancen los barcos dispersos. Además, hemos gastado parte del combustible, hemos perdido algunos aviones y helicópteros y no estaría mal aprovechar el destructor que queda en este puerto, para que lo tripulen los náufragos de los dos barcos hundidos —les comenté.

Aquella noche la pasamos en blanco diseñando una defensa. Cuando amaneció me sentía agotado, pero al mismo tiempo eufórico; sabía que si Dios me lo permitía, aquella no sería mi última batalla.

CAPÍTULO LI

LA BATALLA DE NORFOLK

SIEMPRE PERDEMOS EN CADA BATALLA que emprendemos en la vida. A veces lo que perdemos es a un amigo, un territorio o la oportunidad de la paz, pero cuando es uno mismo el que tiene que dirigir la estrategia, el peso de la responsabilidad es inevitable. En cierto sentido, entiendo que la gente prefiera que otros decidan por ellos. Lo he visto desde que tengo uso de razón. Es lo que hacía la gente de Ione con nuestro líder, también pasaba en Místicus y casi en cada una de las ciudades supervivientes de la Gran Peste. No nos gusta tomar la responsabilidad de nuestras propias decisiones, y mucho menos si estas pueden afectar a los demás.

Cuando salimos al amanecer en dirección a la base militar de Norfolk, sentí que aquella podía ser mi última batalla. Mike y un grupo de soldados habíamos desembarcado en las inmediaciones del puente de Hampton. En una hora debíamos cubrir la distancia hasta la base naval, destruir las baterías que nos estaban machacando y después coordinar el desembarco de más efectivos en las dársenas principales.

A medida que el sol salía sobre la playa, el medio centenar de hombres que componíamos la misión terrestre se desplegaba por los laterales del bulevar Bellinguer. Justamente al final de la carretera había un control. Saqué los prismáticos desde una de las casas próximas y comprobé que se trataba de una docena de soldados humanos. Sin duda, en la base había una combinación de gruñidores y soldados humanos aliados.

Ordené a Mike que intentara sorprender a los guardas y eliminarlos sin que dieran la voz de alarma. Desde el primer centro de control hasta el puerto había al menos cuatro o cinco millas.

Mike mandó a cuatro de los comandos por la parte trasera. Saltaron la alambrada y se protegieron detrás de unos viejos aviones de combate que servían de adorno al inmenso parque de la base.

Unos segundos más tarde, Mike y sus hombres se lanzaron contra los hombres próximos a la puerta. Los tres primeros cayeron sin tan siquiera percatarse de que les atacaban. En ese momento, otros dos que estaban cerca de la caseta de la guardia corrieron a dar la voz de alarma, pero dos arqueros los abatieron. Cuando Mike entró en la caseta de guardia, no tardó mucho en eliminar al resto.

Nos abrieron la barrera, y observando el mapa de la base decidimos atravesar los jardines, cruzar un canal que dividía la base en dos y llegar hasta la estación antiincendios que había al sur del complejo.

Tenía una idea para que nos acercáramos a las defensas de la base sin ser localizados. Dos de mis hombres comprobaron que no había nadie en las instalaciones antiincendios, y tomamos tres de los camiones. Nadie sospecharía que se trataba de un ataque, hasta que estuviéramos encima de las baterías del puerto.

Pusimos las sirenas de los camiones y nos dirigimos a toda velocidad hacia las dársenas. Nadie se interpuso en nuestro camino, y pasamos dos controles de gruñidores y soldados sin ningún problema.

Cuando llegamos al puerto, nos dirigimos directamente hacia las dos primeras dársenas. Los gruñidores y sus aliados humanos habían instalado varios camiones con lanzaderas de misiles y varias baterías móviles de defensa costera.

Los soldados estaban desprevenidos, y no fue muy difícil hacernos con sus armas. Utilizamos una técnica envolvente. Les rodeamos con los camiones de bomberos y los eliminamos con nuestras armas de fuego.

Un grupo de nuestros artilleros reenfocó las baterías, apuntando a los otros dos cuerpos de defensa de las otras dos dársenas. Disparamos, y unos segundos más tarde comenzaron las explosiones. Cuando observé con los prismáticos el resultado del ataque, vi que habíamos alcanzado casi a la totalidad de nuestros objetivos. Mientras volvía a ordenar una nueva ráfaga de fuego, llamé a los barcos para que entraran a toda máquina en el puerto.

El momento crítico de la batalla estaba en los minutos siguientes. Si los barcos llegaban demasiado tarde, los gruñidores no tardarían mucho en eliminarnos. Lo único que nos protegía eran algunos vehículos estacionados cerca, los camiones de bomberos y los camiones de las baterías.

Observé cómo un grupo de medio millar de soldados, mercenarios y gruñidores se dirigía hacia nosotros. Disparamos los cañones hacia ellos y logramos alcanzar a algunos, pero eso no detuvo su avance. A los diez minutos llegaron a nuestra posición y comenzaron a dispararnos sin parar. Podíamos resistir esa situación un cuarto de hora, pero en cuanto trajeran algún arma pesada, un tanque o nos atacaran por el aire, estaríamos perdidos.

—No resistiremos, ¿quieres que intentemos refugiarnos en el barco de la última dársena? —me preguntó Mike cuando logró alcanzar mi posición.

—No lo veo factible. Creo que no llegaríamos ni a la mitad del camino —le contesté.

Un avión comenzó a sobrevolar la base, y observamos cómo daba la vuelta y se dirigía directamente hasta nosotros. Llevaba cargados dos misiles, aunque con uno era suficiente para pulverizarnos a todos.

—¡Dios mío! —dijo Mike señalando con el dedo al avión.

Respiré hondo y me preparé para lo peor. Mandé a uno de los cañones que girara y apuntara al avión. Cuando estuvo lo suficientemente cerca ordené fuego, y la niebla de las balas veló por unos segundos nuestros ojos.

CAPÍTULO LII

LA BATALLA DE NORFOLK II

CUANDO SE ACLARÓ DE NUEVO el horizonte, vimos cómo nuestros disparos erraban el tiro. Miré a Mike, pensando que sería la última vez que le vería con vida. Tal vez ya había completado la misión a la que Dios me había destinado. A lo largo de todos esos meses había visto lo difícil que es luchar contra las fuerzas del mal, pero también que era posible vencerlas. El avión estaba a punto de lanzar sus misiles y decidí dar una última orden.

—¡Dispérsense ahora!

De la cincuentena de soldados que habíamos comenzado la misión, apenas quedaban treinta en pie. Cada uno corrió en una dirección, alejándose todo lo posible de los camiones. Yo salté de uno de los camiones de bomberos en dirección al agua y me tiré por la dársena. Sentí a mi espalda cómo algo me quemaba, un fuerte estruendo y un resplandor que me dejó ciego. No logré reaccionar hasta entrar en contacto con el agua. La lengua de fuego llegó al mar, lamió el agua y la templó en parte. Mientras intentaba sumergirme, escuchaba el burbujeo de la superficie y el sonido amortiguado de la explosión.

Unos segundos más tarde volvía a la superficie. Tomé aire desesperadamente e intenté abrir los ojos, pero no veía nada. A tientas me acerqué a la orilla y me aferré a los ladrillos de la pared del puerto. El corazón me latía a toda velocidad; respiré hondo e intenté ascender, pero los brazos no me respondían. Sobre mi cabeza seguía escuchando los impactos de los misiles y los gritos de los hombres.

—¡Dios mío! —dije mientras abría de nuevo los ojos.

Con dificultad comencé a ver con algo de claridad. Muy cerca había una escalera que llevaba a la plataforma de la dársena. Nadé hasta la escalera y comencé a ascender lentamente. Tenía el traje hecho jirones y me dolía todo el cuerpo.

Cuando me asomé, en el lugar en el que estaban los camiones había un gran cráter. La explosión de los misiles lo había destrozado todo, lo que sumado a las cargas explosivas de las baterías había amplificado la onda expansiva.

Caminé con dificultad y miré los cuerpos esparcidos por el suelo. No encontré el de mi hermano, pero aquello no me consoló. Podía haberse convertido en millones de partículas si el misil le había alcanzado de lleno.

Me senté en el suelo cabizbajo. Sentía un fuerte dolor en el pecho, y mis fuerzas estaban agotadas. Levanté la vista y observé cómo un centenar de gruñidores corrían hacia mí. Comencé a llorar mientras recordaba a todos mis amigos. Las bromas de Patas Largas, la astucia de Mary, el cariño de Susi, y ahora sabía que no volvería a ver nunca más la sonrisa sarcástica de mi hermano.

CAPÍTULO LIII

ESPERANZA CONTRA ESPERANZA

LOS GRUÑIDORES SE APROXIMARON, PERO justo antes de que se abalanzaran sobre mí, escuché varias ráfagas de balas que rozaron mi cabello. No me inmuté, pues había perdido ese interés por la vida que te hace indiferente a la muerte. Escuché unas voces lejanas y sentí cómo me recogían dos hombres en una camilla.

Debí de perder el conocimiento, porque lo siguiente que recuerdo es que estaba en la cama de la enfermería del barco. Me desperté con un fuerte dolor de cabeza y con las extremidades machacadas. Cuando miré, mis brazos y mis piernas estaban vendados.

—Por fin te has despertado —dijo una voz familiar.

Cuando miré al lado de la cama, vi el rostro de Amalia. Tenía ojeras y la cara muy pálida, como si llevara días velando junto a mi almohada. Me tomó de la mano y me sonrió. Me pareció un ángel, pero en cuanto recordé lo que le había pasado a mi hermano, sentí de nuevo una punzada en el corazón.

—¿Han encontrado su cuerpo? —pregunté.

—No; había algunos esparcidos por el perímetro, pero otros han quedado completamente desfigurados —dijo Amalia.

Comencé a llorar, y me pregunté qué hacía yo con vida. Por qué yo no había muerto como el resto de mis amigos. Estaba muy enojado. No entendía los propósitos de Dios. Me había dejado solo en el mundo.

—Hemos ganado la batalla. Recuperamos el barco del puerto, armas y aviones, y salimos hace un día para Washington. Llegaremos en un par de días a nuestro objetivo —dijo Amalia para intentar animarme, pero aquello ya no me importaba.

Me acercó un vaso de agua y me dio un sorbo. Bebí sin muchas ganas. Después, simplemente cerré los ojos para que me dejaran en paz. No quería levantarme nunca más de esa cama; mi vida ya no tenía sentido.

—Lo de los brazos es leve, algunas magulladuras. Podrás ponerte en pie mañana. Tu recuperación ha sido muy rápida —comentó mi amiga.

No le hice caso, y ella al final optó por dejarme solo. En ese momento comencé a hablar con Dios. Estaba muy enojado, pues me había arrebatado todo lo que amaba.

—¿Por qué, Dios mío? —pregunté al techo de mi habitación.

No hubo respuesta, pero unos versículos de la Biblia comenzaron a repetirse en mi cabeza:

> Por tanto, es por fe, para que sea por gracia, a fin de que la promesa sea firme para toda su descendencia; no solamente para la que es de la ley, sino también para la que es de la fe de Abraham, el cual es padre de todos nosotros (como está escrito: Te he puesto por padre de muchas gentes) delante de Dios, a quien creyó, el cual da vida a los muertos, y llama las cosas que no son, como si fuesen. El creyó en esperanza contra esperanza, para llegar a ser padre de muchas gentes, conforme a lo que se le había dicho: Así será tu descendencia. Y no se debilitó en la fe al considerar su cuerpo, que estaba ya como muerto (siendo de casi cien años), o la esterilidad de la matriz de Sara.*

Sentí que Dios me decía que tuviera fe, que simplemente creyera y Él haría el resto. No entendía cómo podía pedirme más fe, cuando lo había perdido todo. Entonces escuché una voz en mi interior que me decía: *Ahora es cuando puedo trabajar contigo, ya no te aferras a nada. Únicamente te quedo yo. Ten esperanza.*

* Romanos 4.16–19.

PARTE III:

ESPERANZA

CAPÍTULO LIV

UN HOMBRE NUEVO

EL SER HUMANO ES MUCHO más resistente de lo que creemos. En cuanto mi cuerpo comenzó a reaccionar, mi estado de ánimo mejoró; y a pesar de la pérdida de mi hermano, la llegada constante de informes de los diferentes oficiales y barcos logró que me centrara en el trabajo.

Amalia hacía las veces de mi secretaria y me ayudaba con todo el papeleo.

Los barcos desaparecidos por el huracán nos alcanzaron al llegar a Reedville. Debido al calado de nuestros buques, no podíamos ir más allá de la Base Militar de Lexington. Me preocupaba cuál podía ser la situación de la zona más próxima a Washington, ya que tenía muy presente que los gruñidores y su ejército venían principalmente del sur y del oeste. Además, sabíamos que el norte de la ciudad ya estaba en manos de los gruñidores.

A la segunda mañana, me levanté de la cama y fui a la reunión de oficiales en el restaurado puente de mando. Los diferentes oficiales fueron informándome de los daños materiales, las bajas y el material que podíamos emplear en la batalla. Desembarcaríamos a parte de la tropa, pero los barcos nos servirían de base de operaciones, y sus misiles, junto a los aviones y helicópteros, nos darían cobertura aérea.

—Se aproxima la batalla final —comenté a los oficiales. Ellos asintieron con la cabeza, como si estuvieran deseosos de entrar en combate—. No será fácil vencer a nuestros enemigos. Los barcos se pueden aproximar hasta Lexington.

—Señor, creo que sería mejor intentar internarnos hasta la base de Indian Head. Desde allí nuestro misiles sí tienen un alcance efectivo —dijo el capitán Frank.

—Gracias, Frank; intentaremos que nuestros hombres asciendan por la orilla opuesta de Potomac hasta Alexandra, y desde allí intentarán llegar al Pentágono. No creo que nuestros ejércitos resistan mucho más en el Capitolio —le comenté.

—Para ser más efectivos, podríamos enviar a dos ejércitos independientes. Uno que entre por el puente de Alexandra y otro que vaya más al norte, hasta el sureste de la capital, y llegue hasta el Capitolio —comentó el capitán King.

Todos estuvimos de acuerdo. En cierto sentido dividiríamos las fuerzas, pero conseguiríamos hacer una tenaza y rodear a los gruñidores a ambos lados del río.

—Mañana atracaremos los barcos en la base de Indian Head, pero esperaremos al día siguiente para atacar, pues no quiero que se haga de noche en mitad de la batalla. Los gruñidores luchan mejor en la oscuridad —les comenté.

Los oficiales estuvieron de acuerdo y después se retiraron para ultimar los preparativos antes del ataque final. Yo pedí al oficial de radio que intentara contactar con Washington.

Después de varios intentos, conseguimos una conexión muy mala, pero al menos pudimos hablar con ellos.

—¿Cuál es la situación actual? —pregunté al micrófono.

Después de un fuerte pitido escuchamos la voz entrecortada del ejército de la capital.

—Estamos siendo atacados por el norte y el oeste de la ciudad. Continuamos resistiendo en las inmediaciones del Capitolio.

—Estaremos allí dentro de dos días —comuniqué, pero la conexión se cortó.

La noche fue larga. Desde mi recuperación dormía poco, y únicamente me iba a la cama cuando ya no podía más. Necesitaba agotarme para no pensar en nada. Lo único que me importaba ahora era llegar a Washington y luchar.

LA NOCHE ANTES DE LA ÚLTIMA BATALLA

EL ACERCAMIENTO A LA CAPITAL federal se desarrolló con normalidad. La base naval de Indian Head era muy pequeña, pero nos sirvió para descansar antes del gran ataque. Por la noche tuvimos la última reunión antes del ataque. A pesar de la oposición de los oficiales, comenté que yo estaría al mando del ejército que iría por el norte hasta el Capitolio.

—Sería mejor que se quedara al mando del portaviones —dijo el capitán Frank.

—No tengo experiencia en barcos, y estoy seguro de que usted será más efectivo a lá hora de interpretar coordenadas y defender a nuestra infantería —le comenté.

—El ejército destinado a luchar en el Capitolio es el que estará en una situación más vulnerable —dijo el capitán Frank.

—Sí, pero también el que requiere más control y toma de decisiones más rápidas, y por eso lo he elegido. No me importa arriesgar la vida. En esta batalla está en juego algo mucho más importante que la vida de cada uno de nosotros, está en juego el futuro de la humanidad. Por eso les pido que hoy nos preparemos para la batalla que está a punto de suceder, pero no únicamente con nuestras armas, también con nuestro espíritu. No se ha producido una lucha espiritual igual desde hace más de dos mil años, cuando vino Cristo a la tierra —dije a todos los oficiales. Después les invité a orar.

Cuando terminamos la reunión, salí a la gran plataforma del portaviones. El río Potomac bajaba con fuerza, y en algunos puntos era tan ancho que apenas se percibía la otra orilla. No llevaba ni dos minutos mirando las aguas del río cuando Amalia se acercó.

—Mañana es el gran día —comentó.

—Llevo meses esperándolo y, en cierto sentido, también toda la vida. ¿Te acuerdas cuando te comenté que nuestra vida tenía una misión, un objetivo que cumplir? Mañana se cumplirá el mío, y después podré morir en paz —le dije muy serio.

—No creo que mueras mañana —dijo Amalia.

—El sacrificio es muchas veces el único camino hacia la victoria. Lo que pase en la batalla, no importa.

Amalia me tomó la mano, y mirándome a los ojos me dijo:

—Quiero pedirte algo. Sé que en tu corazón sigue estando Susi. Tu hermano le contó a Charlotte cómo sufriste al perderla.

La simple mención de Susi y de mi hermano fue como un mazazo. Había intentado no pensar en ellos durante todos aquellos días, y lo había conseguido.

—Lo siento —dijo Amalia al ver cómo mi rostro se contraía al escuchar el nombre de mi amiga y de mi hermano.

—No pasa nada. Imagino que nunca podré superarlo. ¿Cómo podemos superar la pérdida de aquellos que amamos? —le pregunté.

—Tú me dijiste que tenías la esperanza de volver a verlos algún día —comentó Amalia.

—Tienes razón, pero es demasiado doloroso pensar en ello ahora. Será mejor que intentemos descansar un poco. Mañana será un día muy largo y difícil.

Cuando llegué a mi camarote, no pude evitar echarme a llorar. Recordé las lecturas a escondidas en mi casa, cuando salíamos al bosque para simplemente huir de Ione y confundirnos con la naturaleza. También extrañaba cuidar de mi hermano, pues durante años yo había sido su padre y su madre en nuestra vieja granja. Al final me quedé dormido, envuelto en los recuerdos del pasado, como si se tratara de las dulces sábanas de mi niñez.

Capítulo LVI

EL DÍA MÁS LARGO

AL FINAL OPTAMOS POR QUE la flota se acercara hasta Alexandra. Allí desembarcarían los dos contingentes; uno cruzaría el puente de la interestatal 95 en dirección al Pentágono, mientras que los otros iríamos directamente por la interestatal 295 hasta el puente de la calle Capitolio.

A las seis de la mañana comenzamos el desembarco. La operación podía durar varias horas; aunque el ejército que yo dirigía era más pequeño y no llevábamos armamento pesado, no salimos en dirección norte hasta las nueve de la mañana.

La interestatal no estaba en muy buen estado. Los pocos tanques y vehículos de transporte que teníamos abrían la marcha, pero avanzábamos con dificultad. Mi plan era llegar al puente antes de las doce del mediodía, y al Capitolio media hora más tarde.

Amalia y el resto de sus amigas decidieron integrarse en nuestro ejército. Las destiné a labores de ayuda y aprovisionamiento. Teníamos comida para dos días y agua para tres. Si la batalla se prolongaba, intentaríamos traer algo más de alimentos de los barcos.

La noche anterior habíamos mandado algunos comandos para que nos informaran de las posiciones a bombardear y del estado del camino. Únicamente habían vuelto los que habíamos enviado a la zona del Pentágono, por lo que desconocíamos qué podría haber por el Capitolio. Aquel inconveniente impedía un ataque masivo de artillería sobre las posiciones al norte de la ciudad. No queríamos utilizar los aviones para inspeccionar, para así intentar pillar por sorpresa a nuestros enemigos.

Cuando atravesamos la Avenida de Malcolm X, escuchamos los primeros bombardeos de nuestros aviones y baterías sobre los ejércitos de gruñidores cercanos al Pentágono.

Continuamos la marcha sin descansar hasta llegar al puente. Mandé a media docena de hombres para que inspeccionaran al otro lado, y por lo menos en los alrededores no encontraron ni rastro de gruñidores.

Nuestros enemigos debían de estar bien escondidos, porque en cuanto llegamos a las inmediaciones del estadio, comenzaron a atacarnos.

Logré tomar el control de la situación y colocar a nuestras tropas alrededor del edificio del departamento de policía de la ciudad.

Lo primero que me impresionó del feroz ataque de los gruñidores fue que no actuaban solos. Grandes bandadas de lobos y perros salvajes nos atacaron mientras terminábamos de colocar nuestras defensas. Muchos de mis soldados nunca habían visto a esos feroces animales, y quedaron muy impresionados cuando comenzaron su ataque.

Tras repeler la oleada de lobos y perros salvajes, los gruñidores nos dieron un respiro. Miré por los prismáticos para ver qué tramaban, y me quedé sorprendido de la estrategia que intentaban llevar a cabo.

Lo primero que hicieron fue colocar a las columnas de humanos mercenarios en el centro de una gran cuña, con la que pretendían romper nuestras filas. Su estrategia era emplear toda su fuerza sobre un mismo punto, hasta que lograran abrir una brecha y envolvernos en sus garras.

Subido a un gran camión estaba el que parecía su líder. Era un gruñidor gigantesco, de piel negra y con la cabeza totalmente rapada. Estaba rodeado por una especie de guardia pretoriana de adolescentes humanos. Aunque lo que me dejó realmente sin habla fue el ver a un viejo conocido: Elías.

CAPÍTULO LVII

LA BATALLA POR EL CAPITOLIO

NO ME SORPRENDIÓ VER A Elías entre el ejército del enemigo, pero he de reconocer que me devolvió la esperanza de encontrar a Katty con vida. Esperaba que no estuviera también luchando en el bando equivocado. Sería horrible pensar que uno de mis hombres o yo mismo pudiéramos terminar con su vida.

Observé cómo el ejército de los humanos mercenarios comenzaba a avanzar hacia nuestras posiciones, y llamé a todos los oficiales para explicarles mi plan.

—Los gruñidores mandan un ejército en forma de cuña para penetrar en nuestra posición. La única manera de detenerlos es reforzar el centro, pero quiero pillarles por sorpresa. Un batallón cruzará las montañas de arena y cemento y les atacará por el lateral, y de esa manera podremos romper su punta de lanza. Cuando comiencen a retirarse, avanzaremos desde ahí. Por lo que he calculado, deben de ser unos veinte o treinta mil; nosotros apenas alcanzamos los tres mil soldados, pero estamos mejor armados —le comenté.

Los mercenarios se acercaron hasta nuestras posiciones sin romper su formación. Destruimos varias veces su vanguardia, pero ellos volvían a recomponerla y seguían avanzado. Cuando los gruñidores se pusieron en marcha tras ellos, di la orden para que un batallón rodeara a los mercenarios. Diez minutos más tarde, nuestros enemigos se vieron sorprendidos por el ataque lateral. Por un momento se quedaron sorprendidos y logramos destruir de nuevo las primeras filas de mercenarios. Cuando vieron que el ataque estaba a punto de romper sus líneas, retrocedieron despavoridos. Nosotros aprovechamos para avanzar posiciones y aplastarlos.

Los gruñidores, al ver nuestra determinación, comenzaron a replegarse y nos lanzaron los lobos y los perros, para poder retirarse antes de que les diéramos alcance.

Los animales se lanzaron hacia nosotros a pesar de los cientos que cayeron muertos por nuestros disparos. Dos lobos se acercaron a mí, uno me agarró con sus mandíbulas de la mochila mientras el otro se lanzaba a mi cara.

Uno de mis escoltas reaccionó rápidamente y disparó al animal, mientras saltaba en el aire. Yo saqué mi cuchillo y logré librarme del otro.

Al final, los lobos comenzaron a huir y los gruñidores decidieron atrincherarse en el estadio. Por un momento dudé si continuar el avance o intentar eliminarlos, para no dejar enemigos a nuestras espaldas. Aquel puente podía convertirse en nuestra vía de escape.

—Por favor, informa a la flota de que ataquen el estadio dentro de media hora, cuando estemos lo suficientemente lejos —ordené a uno de los suboficiales.

Antes de que los gruñidores se concentraran en el estadio, había observado que su jefe y su escolta pretoriana habían huido en sus vehículos hacia el norte. No podíamos darles alcance a pie, pero al menos sabía que Elías estaba vivo y posiblemente también Katty.

Continuamos la marcha durante media hora, y cuando estábamos llegando a los jardines que comunicaban el Capitolio con el Monumento a Lincoln, observamos lo deteriorados que estaban algunos de los edificios más emblemáticos de la nación.

Encontramos soldados del nuevo estado federal custodiando los edificios de la Avenida de Independencia. Cuando nos vieron llegar, nos saludaron emocionados. Pedí ver a su superior, para entrevistarme con el presidente o el jefe al mando.

Mientras los soldados fueron a buscar a un superior, nuestros soldados descansaron sobre la gran explanada de hierba. Allí, las enfermeras y los médicos atendieron a los heridos y pudimos descansar y comer algo. Llevábamos ocho horas en pie y casi tres luchando.

Amalia se acercó hasta mí. Me alegró mucho verla con vida. En algunos momentos había temido que le hubiera pasado algo. Sabía que no me había portado muy bien con ella, a pesar de sus cuidados cuando yo estaba herido.

—Siento que nos hayamos conocido en estas circunstancias. Creo que eres una chica estupenda, y no me he portado nada bien contigo —me disculpé.

—Estoy agradecida por lo que Mike y tú hicieron por nosotras. No puedo negar que me gustas, pero sé por lo que estás pasando. No te preocupes por mí, tienes a todo un ejército a tu cargo —dijo Amalia.

En ese momento el oficial al mando llegó hasta nosotros y, tras saludarme, me pidió que le siguiera hasta la Casa Blanca. Me despedí de Amalia y me subí a un pequeño jeep. Atravesamos los jardines y después torcimos a la derecha en dirección a la Casa Blanca. El edificio estaba protegido por todas partes con tanques, lanzaderas de misiles y un ejército numeroso de hombres. Alrededor del edificio había tres perímetros concéntricos de trincheras. Los hermosos jardines eran ahora una especie de túneles reforzados con sacos de arena.

Tras pasar los tres controles, estacionamos el jeep frente a la puerta principal. La parte este de la Casa Blanca estaba en ruinas, pero se conservaba la zona histórica y el famoso Despacho Oval.

Recorrimos los pasillos ennegrecidos; algunos muebles estaban rotos y la alfombra medio quemada. Cuando entré en el famoso despacho del presidente, sentí cómo se me aceleraba el corazón. Un chico más joven que yo estaba sentado frente a la mesa, y a su lado media docena de generales, también muy jóvenes.

—Capitán Teseo Hastings, aunque tal vez deberíamos decir general —dijo el presidente.

—¿General? —le pregunté extrañado.

—Creo que después de luchar en varias batallas y traer los refuerzos y la flota desde Jacksonville, merece un ascenso —comentó el presidente.

El resto de los generales afirmaron con la cabeza. Era un honor para mí, aunque en ese momento no me importaba mucho el título que me pusieran.

—No le negaré que nuestra situación es desesperada. Llevamos más de una semana resistiendo el ataque de esos monstruos, y a pesar de repelerlos una y otra vez, no hemos conseguido derrotarlos por completo. Da la sensación de que son millones —comentó uno de los generales.

—Me temo que de verdad lo son —le contesté.

—Esta posición es peligrosa. Según nuestros últimos informes, los gruñidores están cerca del Capitolio. Ustedes han logrado destruir su ejército del sureste, pero siguen avanzando por el norte y el oeste. Mañana mismo tendremos que evacuar estas posiciones al Pentágono —dijo el presidente.

—Lamento no haber podido llegar antes —le contesté.

—Al menos usted ha llegado; el resto de los ejércitos han sido destruidos por el camino. Lucharemos hasta el final, aunque tengo la sensación de que estamos predestinados a la derrota. La raza humana tiene sus días contados —dijo el presidente.

La situación parecía extremadamente desesperada, pero yo no era el tipo de persona que se rendía con facilidad.

—Nosotros nos quedaremos para proteger su retirada. Nuestras tropas están frescas, y creo que resistiremos bien sus embestidas —le comenté.

—Gracias, general; le apoyaremos por aire e intentaremos destruir los puentes cuando ustedes lleguen al Pentágono.

—Gracias, señor presidente —le contesté.

—Gracias a usted. Si tuviéramos más personas de su valor, tal vez podríamos ganar esta guerra —dijo el presidente dándome la mano.

Cuando salí del despacho, tuve la sensación de que el presidente ya había tirado la toalla. Lo cierto era que nuestras esperanzas de victoria eran muy limitadas, pero teníamos que intentarlo. Mientras cruzábamos de nuevo los jardines, pedí al chofer que me acercara al memorial de Lincoln. La imponente estatua estaba entre las sombras del crepúsculo cuando subí la escalinata. Cuando estuve a sus pies, aquella mole de mármol me impresionó, pero lo hizo aun más la determinación de uno de los presidentes más importantes de la historia. Lincoln no se rindió jamás. Aunque hubo varios momentos a lo largo de la guerra en que sus ejércitos estuvieron a punto de sucumbir, el presidente sabía que la única posibilidad de que la libertad triunfara era venciendo a sus enemigos.

CAPÍTULO LVIII

LA BATALLA POR EL CAPITOLIO II

LO QUE TENÍA QUE COMUNICARLES a mis soldados no era fácil. A mí no me importaba morir para que otros salvaran la vida, pero entendía que ellos podían no estar de acuerdo. Reuní a mi ejército en la explanada y me subí a uno de los vehículos. Cuando todos se acercaron, comencé mi discurso:

—Hoy les doy a escoger entre la vida y la muerte, la infamia y la gloria. Hay días en nuestra vida en que el destino se presenta frente a nosotros y nos exige un sacrificio mayor. Aquí, frente a los monumentos de nuestra nación, en la misma explanada en la que se han convocado los actos más solemnes de nuestro país, yo les pido, les suplico, les reto a que lo den todo por lo que creen. Nuestros enemigos son más poderosos que nosotros, son más numerosos, y la razón nos dice que hoy moriremos en este campo de batalla; pero aunque la muerte logre destruirnos, nuestra esperanza está en Dios. Él tiene la última palabra, nuestros cuerpos un día resucitarán del polvo y le veremos cara a cara. En unas horas nos enfrentaremos al mayor desafío que ha soportado nunca Estados Unidos de América; nos corresponde hoy luchar y morir por los que aman la libertad y creen que un mundo mejor es posible. Que Dios les bendiga —dije mientras miraba las caras de mis soldados. Sus rostros reflejaban temor, pero también determinación. Los verdaderos héroes no son los que no se acobardan, son los que a pesar del miedo y el temor, siguen luchando cada día.

Se hizo un minuto de silencio, pero poco a poco, los soldados comenzaron a dar palmas y gritar de alegría.

Unas horas más tarde, nuestro ejército cubría el perímetro del Capitolio. La cúpula estaba hundida, alguna de las ventanas estalladas por las bombas, pero el edificio que representaba nuestra democracia seguía en pie.

Mientras los oficiales reforzaban las defensas, me dirigí con un pequeño grupo hasta uno de los balcones del edificio, pues quería comprobar a qué distancia se encontraba el enemigo y cuáles eran sus fuerzas. Miré con los prismáticos y me impresionó ver las columnas interminables de gruñidores, mercenarios humanos y lobos, que ocupaban toda la calle East Capitolio y las avenidas aledañas. El número de enemigos se perdía a la vista hasta el Parque Lincoln. Podía tratarse de más de medio millón de gruñidores y sus aliados.

—¿Cómo vamos a vencer? —preguntó Amalia, que me había acompañado hasta el edificio.

—No podemos vencer, es humanamente imposible —le contesté.

—¿Entonces? —preguntó uno de los oficiales.

—Lo único que nos queda es resistir hasta que el presidente y sus hombres se refugien en el Pentágono —les dije, intentando disimular la angustia que me producía estar tan seguro de la derrota. Hasta ese momento siempre había luchado con la esperanza de conseguir la victoria, pero sabía que en aquella ocasión no había nada que hacer.

Vimos cómo el ejército de gruñidores se aproximaba. Primero los lobos y perros salvajes, después los mercenarios, y por último la gran masa de monstruos. Ordené que se lanzara el primer ataque aéreo sobre ellos. En unos minutos se arrojaron sobre ellos decenas de bombas. El suelo temblaba como si se estuviera produciendo un terremoto. Miles y decenas de miles caían bajo el fuego incesante de nuestras baterías y las explosiones de las bombas, pero eso no parecía ni atemorizar ni detener a nuestros enemigos.

—Apenas hemos arañado su cruel máquina de guerra. La situación es más desesperada de lo que pensaba, y no estoy convencido de lograr detener a los gruñidores durante todo el día —les comenté.

El capitán Crichton, uno de los más jóvenes a mi mando, nos propuso un plan.

—Podemos intentar arrojar los aviones contra ellos con la carga de bombas.

—¿Está proponiendo que los pilotos se conviertan en kamikazes? —pregunté asombrado.

—No, señor. Los pilotos pueden saltar de los aviones antes de que se estrellen. Eso al menos logrará detenerlos durante algún tiempo.

El plan me parecía descabellado, pero tampoco teníamos otras opciones. Pasamos la sugerencia a la flota para que la evaluara. Aunque si la decisión no se tomaba antes de una hora, los gruñidores ya habrían barrido nuestras posiciones.

No nos llegó la orden. Las bandadas de lobos llegaron a nuestra primera línea de defensa y los soldados tuvieron que defenderse cuerpo a cuerpo para resistir. Pasados unos minutos de lucha, les ordené que se retiraran a la segunda línea. Mientras huían, muchos eran alcanzados por los animales, desapareciendo en mitad de la jauría. Los soldados de la segunda línea de defensa no se atrevían a disparar contra los lobos por temor a herir a alguno de los nuestros.

Cuando todos los supervivientes lograron refugiarse en la segunda línea, ordené fuego inmediato sobre los lobos. Cientos de ellos cayeron muertos, pero los animales no retrocedieron.

La segunda oleada atravesó la primera línea y comenzó a acercarse a la segunda, cuando vimos cómo tres aviones sobrevolaban sobre nuestras cabezas. Uno de ellos giró bruscamente, se lanzó en picado contra el grueso de los gruñidores, y unos segundos antes del impacto observamos cómo se desplegaba un paracaídas de emergencia. El desafortunado cayó en medio de los lobos.

La explosión fue tremenda, mucho más potente que todas las bombas lanzadas hasta ese momento. El edificio en el que estábamos tembló y se desprendieron varias partes del capitel de la entrada.

—¡Dios mío! —exclamé, mientras el estruendo nos obligaba a agacharnos y taparnos los oídos.

Un segundo y tercer aparato impactaron contra el enemigo. Una gran nube de fuego, precedida de una llamarada, se extendió por todas partes, hasta que un silencio espeso, como si ya se hubiera producido el fin del mundo, lo inundó todo.

Cuando la nube de polvo y humo se disipó, tres inmensos cráteres ocupaban la zona próxima a la Librería del Congreso. Las bajas de nuestros enemigos habían sido tan cuantiosas, que por primera vez se replegaron hacia el este de la ciudad.

—¡Lo hemos conseguido! —gritó eufórica Amalia. Nos abrazamos, pero un segundo después noté su incomodidad y nos separamos de nuevo.

A nuestro lado, todos saltaban de alegría. No habíamos ganado la guerra, pero sí al menos una batalla.

CAPÍTULO LIX

EL MENSAJERO DEL DIABLO

NUNCA PENSÉ QUE VOLVERÍAMOS A vernos, pero cuando a medianoche, mientras intentaba descansar algo en uno de los despachos del Capitolio, uno de mis hombres me indicó que uno de los jefes de los mercenarios quería verme, pensé que podía tratarse de él. La última vez que le vi fue después de arrojarme por un precipicio al lado de la ciudad de Los Ángeles. Después se había ido con los autobuses, la gente que habíamos rescatado de San Francisco y Katty. No sabía qué trato quería proponerme, pero dudaba mucho de que su palabra valiera algo. Aquel tipo era mentiroso por naturaleza.

Me abotoné la guerrera y me senté en la butaca. Escuché unos pasos, después abrieron la puerta y entró Elías. Vestía un uniforme que parecía más de gala que de combate. Tanto los pantalones como la guerrera y el casco eran completamente negros. Llevaba el casco en el costado, y al verme sonrió. Algo había cambiado en su rostro en esas semanas. La poca inocencia que reflejaba su edad había desaparecido por completo, y ante mí estaba un hombre.

—Nos volvemos a encontrar —comentó Elías.

—La última vez que nos vimos intentaste matarme —le contesté.

—Si no hubiera fallado, posiblemente no estaríamos atascados frente al Capitolio, mientras tu presidente y sus generales huyen como ratas —dijo Elías en tono sarcástico.

—Tú sabes muy bien lo que es huir como una rata —le contesté.

Elías frunció el ceño y puso un gesto de desprecio, pero de inmediato volvió a recuperar la compostura.

—Olvidas que te ayudé a resistir a los gruñidores en San Francisco; si no hubiera sido por mí, todos habrían muerto —dijo Elías.

—Eso es cierto —le contesté.

—No he venido aquí para recordar los viejos tiempos —comentó mientras tomaba asiento.

—Imagino que no es esa tu misión. ¿A qué te mandan tus amos? —le pregunté.

El rostro de Elías se encendió de ira de nuevo, pero logró contenerse y responderme en un tono muy suave.

—Cada uno tiene su propio amo. Tú a ese Dios invisible, que parece muy desinteresado en ayudarte y te quita a todas las personas que amas; y yo a mi amo, que me da todo lo que pido, aquí y ahora.

Aquel comentario me enojó de verdad, pero sabía que lo que buscaba Elías era provocarme.

—Cuéntame ya tu plan. No tengo todo el día para escucharte —le dije impaciente.

—La oferta de mi amo es muy sencilla. Si ustedes se rinden, promete que respetará la vida de tus hombres y la tuya. Les dejará un pequeño territorio para que lo domines, y te convertirás en su vasallo. Si no aceptas sus condiciones, les exterminará —explicó Elías brevemente.

—¿Eso es todo? —le pregunté.

—La vida de Katty está en nuestras manos. Si se rinden, la liberaré y podrá convertirse en tu reina —dijo Elías, a sabiendas de que la suerte de Katty me preocupaba más que la mía propia.

—¿Tengo que contestarte ahora? —le pregunté.

—No es necesario, pero sí tienes que responder a nuestra petición antes del amanecer. De otra manera, ella morirá. Será mejor que aceptes nuestra oferta. No podrán detenerse por mucho tiempo, nosotros somos millones —dijo Elías. Después se puso en pie y me miró antes de abandonar la sala.

Me quedé cabizbajo, pues aquella era la decisión más dura de mi vida. Podía salvar a mis soldados y vivir una vida tranquila y feliz, aunque no me resultaba fácil creer la palabra de un mentiroso y de su amo el diablo.

En ese momento me puse de rodillas. No quería condenar a Katty con mi negativa a aceptar las condiciones de mis enemigos, pero tampoco podía traicionar a mi ejército ni a mi conciencia.

—Dios mío, ¿qué puedo hacer?

En ese momento decidí que lo mejor era rendirse, aunque me costara mucho tomar esa decisión tan trascendental.

CAPÍTULO LX

RENDICIÓN

CUANDO COMUNIQUÉ MI DECISIÓN A los oficiales, la mayoría reaccionó enojándose, pero acataron mis órdenes. Me puse en comunicación con Elías. Tenían que traer a Katty antes de las nueve de la mañana; cuando ella estuviera en nuestro poder, nos retiraríamos hacia Ione. Allí podríamos gozar de una libertad limitada, pero estaríamos vivos, les expliqué a los soldados. Amalia me miró decepcionada.

—¿Tanto la amas como para traicionar tus creencias y a nosotros? —preguntó mi amiga.

—No puedes entenderlo —le contesté.

—Claro que lo entiendo, pero creo que te equivocas —me dijo.

Amalia dejó la sala, mientras mis oficiales parecían alborotados ante la situación.

La respuesta se hizo esperar, pero antes de las nueve de la mañana vimos cómo se acercaba una comitiva encabezada por Elías. Todos eran miembros de la guardia pretoriana del gran jefe de los gruñidores. En el centro de los soldados mercenarios estaba Katty, vestida con un largo traje blanco y con el cabello rojizo suelto.

Estaba impaciente por tenerla cerca y escuchar de nuevo su voz. Bajé hasta las escalinatas del Capitolio. Elías y sus hombres cruzaron por el gran pasillo que habían dejado nuestros soldados. Cuando llegaron a las escaleras, Elías señaló hacia atrás y dijo:

—Hemos cumplido nuestra promesa. Katty está aquí. Ahora retírense.

—La chica primero —contesté.

Elías dejó que mi amiga saliera de entre los soldados. Se acercó despacio; estaba temblando, y en su rostro podía verse el temor y la desesperación. Me miró con sus grandes ojos azules y me sentí el hombre más feliz del mundo.

—Katty —dije abriendo los brazos.

Nos fundimos en un abrazo, que pareció eterno. Después de perder tantas cosas, parecía que al final recuperaba a una de las personas que más quería.

—Tes —dijo al fin mi amiga, y mi nombre sonó como miel en sus dulces labios.

Capítulo LXI

LA BAZA

TENÍA QUE REACCIONAR CON RAPIDEZ. Todos pensaban que nos íbamos a rendir, pero mi intención era muy diferente. Pedí a dos de mis soldados que cuidaran de Katty, y bajé un escalón hasta estar justamente enfrente de Elías. Él me miró con sorpresa, como si no pudiera entender qué pretendía en realidad. Entonces levanté la mano, y seis helicópteros aparecieron en el cielo despejado de Washington. Los aparatos se lanzaron hacia el ejército enemigo, mientras mis soldados reaccionaban y tomaban prisioneros a los mercenarios, incluido Elías.

—¿Te has vuelto loco? Están todos muertos. Mi señor no consentirá una traición de esta envergadura —dijo, tirando de los brazos mientras mis hombres les reducían.

—No hago tratos con el mal. Ahora que Katty está a salvo, continuaremos resistiendo. El presidente y sus hombres ya están a buen recaudo. Lo único que han conseguido es darnos un tiempo maravilloso —le dije.

Los helicópteros lanzaron varios proyectiles a los gruñidores, que todavía no habían llegado a reaccionar. Los monstruos comenzaron a huir, y en su fuga deshicieron las filas. Mis hombres aprovecharon la confusión para perseguirlos.

Me puse al frente del ejército desde un jeep. Logramos que los gruñidores retrocedieran hasta el estadio Robert Kennedy Memorial, que era su base principal de operaciones.

El estadio era una fortaleza lo suficientemente segura para que los gruñidores resistieran en ella nuestro ataque. Además, en cuanto se reagruparan no tendríamos nada que hacer contra ellos, pues eran millones frente a nosotros que apenas superábamos el millar.

Por la tarde, nos reunimos en una de las salas del Congreso para evaluar la situación. Hacía una hora había hablado con el presidente y me había informado de la situación desesperada que había en el Pentágono. Los víveres comenzaban a escasear, el edificio estaba atestado y, aunque habían conseguido resistir varios ataques y evitar que les rodearan, el precio había sido muy alto. Las bajas y los heridos eran tan numerosos, que entre los dos contingentes no superaríamos los cinco mil soldados. Por si eso fuera poco, los gruñidores habían logrado inutilizar nuestra flota y ya no podíamos contar con apoyo aéreo.

—No tengo buenas noticias. A pesar de que nuestro ataque sorpresa ha surtido efecto, lo único que hemos ganado ha sido tiempo. Tenemos que ir al Pentágono y resistir allí con el presidente —dije a mis oficiales.

—Pero eso es un suicidio. Sugiero, ahora que nuestros enemigos están desconcertados, que huyamos hacia Nueva York —comentó un oficial llamado Luca.

—Las grandes ciudades son el peor sitio en el que podríamos refugiarnos —le contesté.

—No quería decir que nos quedáramos allí. Lo ideal sería llegar a Canadá. El frío no les gusta a los gruñidores, y allí podremos sobrevivir —comentó Luca.

—Es una mala idea continuar huyendo, es mejor enfrentarse a la realidad —dijo el capitán Frank.

—Pienso lo mismo —comentó el capitán Crichton.

—Será mejor que pensemos la ruta a seguir —les propuse.

Miramos el mapa y Frank nos habló de las dos opciones que teníamos.

—Para cruzar el río es mejor por el puente Arlington Memorial, pero si los gruñidores están al norte del Pentágono, será mejor que vayamos por el puente de la Calle 14.

—El puente de la Calle 14 está más alejado de nuestra posición —dijo el capitán Frank.

—Sí, pero desde él tenemos vía directa al Pentágono —contestó Crichton.

—Lo intentaremos por el puente de la Calle 14 —dije, zanjando la discusión.

Decidimos que partiríamos para el Pentágono a primera hora de la mañana. No esperábamos un ataque de nuestros enemigos aquella noche, pero siempre era mejor moverse a plena luz del día. Los gruñidores eran los señores de la noche y podían pillarnos por sorpresa.

CAPÍTULO LXII

UNA CONVERSACIÓN

CUANDO ME QUEDÉ SOLO, FUI a ver a Elías. Estaba encerrado en unas celdas que tenía la policía del Capitolio en el sótano. Tuve que usar una linterna para moverme por el interior del edificio. Cuando pasé por debajo de la gran cúpula, no pude evitar levantar la vista. Allí estaba el primer presidente de Estados Unidos, George Washington, representado como la apoteosis de la nación. Aquel oficial modesto nos había liberado siglos antes de la tiranía de los reyes. Intenté imaginar qué pensaría de nosotros. Nuestra milicia no debía de ser muy diferente a la que él gobernó. Hombres voluntarios, muy dispuestos pero poco disciplinados. Washington se enfrentó al gobierno más poderoso del mundo en ese momento y logró vencerlo. ¿Cuál había sido su secreto? Sin duda, que luchaba por la libertad, la justicia y la igualdad de todos los hombres. Ese debía ser también mi lema. Ante aquellos monstruos, no había otra respuesta que la lucha sin cuartel.

Descendí hasta las celdas. Pensé, mientras bajaba las escaleras, que Elías estaba justamente en el lugar que merecía, cerca del infierno.

Cuando llegué a la celda, uno de los guardas me abrió las rejas de la puerta y miré a Elías, que estaba tumbado como si dormitase.

—No sé quién te crees que eres.

Volví a mirar a Elías; la voz parecía provenir de él, pero sin duda no era la suya. Entonces el chico se sentó en la cama, y con los ojos rojos me dijo de nuevo:

—No te puedes burlar del príncipe de este mundo. Tarde o temprano lo pagarás muy caro —dijo de nuevo la voz espeluznante que salía de los labios de Elías.

—No quiero hablar contigo, quiero hablar con Elías —le contesté.

—Elías ya no está. Al darme lugar en su vida, no sabía que anularía su voluntad casi por completo. Ahora es poco más que una marioneta en mis manos. Si te soy sincero, es muy aburrido controlar a los humanos de esta manera. Me estimula más tener que luchar con gente como tú, que parece que no se rinde jamás.

Miré el rostro medio ausente de Elías. Su mirada era fría e inexpresiva, los músculos de la cara estaban tensos y el monstruo se removía dentro del cuerpo del chico, intentando romper las esposas que llevaba atadas a las muñecas.

—Te vuelvo a decir que no tengo nada que ver contigo. Deja que regrese Elías —le ordené.

—¿Crees que me das miedo? No puedes darme órdenes —contestó el demonio.

—Claro que puedo darte órdenes, no con mi autoridad, pero sí con la que Dios me ha dado. Ahora te ordeno que dejes el cuerpo de Elías —dije mirando directamente a los ojos del monstruo.

El rostro del joven se desfiguró por completo y comenzó a convulsionarse, golpeándose con la cama. Intenté detenerlo, pero tenía una fuerza sobrehumana.

—¡Sal de él ahora! —dije de nuevo.

El joven echaba espuma por la boca, y su rostro desfigurado tenía una mueca de dolor. Después de unos segundos, puso toda la espalda en tensión.

—No ganarás la última batalla —dijo el demonio mientras salía del chico, se disipaba como en una neblina entre las rejas y desaparecía por completo.

Me acerqué a Elías y le sostuve la cabeza. Parecía mareado, tenía los ojos en blanco y la lengua retorcida. Le acerqué una botella de agua y le di de beber. El joven tosió y echó parte del agua.

—¿Dónde estoy? —preguntó mirando a un lado y al otro.

No había mucho que ver: una linterna alumbrando hacia el techo, un camastro, una mesita y una puerta enrejada, pensé mientras le sentaba.

—Estás en el Capitolio —le dije.

—¿En el Capitolio? —preguntó extrañado.

—Sí. ¿Qué es lo último que recuerdas?

—No estoy seguro. Creo que estábamos cerca de Los Ángeles y fuimos a inspeccionar la ciudad y...

Sus palabras me dejaron sorprendido; Elías había intentado matarme contra su voluntad. De alguna manera había dado lugar al diablo, y eso había hecho que él le poseyera.

—¿No recuerdas qué pasó más tarde? —le volví a preguntar.

—Lo veo todo confuso en mi mente. Hicimos un viaje en autobús, creo que hacia Utah, después pasamos por Colorado, Kansas e Illinois. En la ciudad de Chicago nos encontramos a un gigantesco ejército de gruñidores. Intentamos evitarlos dirigiéndonos más al norte, hacia Minnesota, pero de repente algo cambió en mí, como si el jefe de los gruñidores me atrajera como un imán —dijo Elías.

—Tomó el control de tu mente —le comenté.

—No lo sé —contestó confuso.

Me costaba creer en la palabra de Elías, ya que me había engañado demasiadas veces, pero a veces tienes que arriesgarte de nuevo con las personas. Todos podemos equivocarnos y necesitar una segunda o tercera oportunidad. ¿Acaso no era eso lo que Dios hacía con nosotros?

—Será mejor que vayamos a ver a Katty —le comenté.

—¿A Katty? —preguntó extrañado Elías.

—Sí, la trajiste para que me rindiera. ¿No te acuerdas? —le comenté.

—Imposible, Katty murió cerca de Grandes Lagos.

Las palabras de Elías me helaron la sangre. Si Katty estaba muerta, ¿quién era la chica que él había llevado y dónde se encontraba en ese momento?

CAPÍTULO LXIII

LA PRINCESA DE LAS TINIEBLAS

SUBIMOS POR LAS ESCALERAS A toda prisa. Elías me seguía con la linterna en la mano. Entonces escuchamos ruidos en la segunda planta y pedí a varios soldados que estaban en el gran recibidor que nos acompañasen. Les extrañó que Elías, que todavía vestía su traje negro, corriera a mi lado, pero al final nos siguieron.

El pasillo parecía interminable mientras nos acercábamos hacia el lugar de donde provenía el ruido. Cuando abrimos la puerta, observamos asombrados cómo Katty, o aquello que intentaba suplantarla, se había convertido en un monstruo de brazos largos y aspecto dantesco. En el suelo yacían la mayoría de los oficiales. De alguna manera, aquel monstruo había logrado acabar con todos ellos. Justamente en ese momento, el monstruo aferraba el cuello de Amalia. Cuando nos vio entrar, lanzó a la chica con todas sus fuerzas contra la pared.

—Ahora les toca a ustedes —dijo el monstruo mientras se aproximaba a nosotros.

Miré la cartuchera de mi uniforme, pero no llevaba la pistola. Mientras, Elías se lanzó sobre el monstruo y los dos comenzaron a forcejear. Busqué entre los cuerpos un arma y al final encontré una pistola. Intenté apuntar al monstruo, pero se movía muy rápido.

—Dispara —dijo Elías casi sin aliento.

Apunté, pero no me atrevía a disparar. Podía herir a Elías muy fácilmente. El monstruo golpeó al chico contra el suelo y lo dejó inconsciente. Después se dirigió hacia mí.

—Ahora te toca a ti, tú eres la razón de que esté aquí. Cuando te elimine, el resto de humanos apenas opondrá resistencia —dijo el monstruo.

Disparé la pistola, pero el monstruo no mostró ningún tipo de dolor. Vacié el cargador contra él, pero al final logró atraparme, y sus brazos, que parecían largos tentáculos, comenzaron a asfixiarme. En unos segundos comencé a ceder, pues la falta de oxígeno menguaba las pocas fuerzas que tenía. Entonces Amalia llegó por detrás y con una especie de machete amputó los dos brazos del monstruo.

Aproveché para lanzarme sobre su cuello e intentar acabar con él. Unos minutos más tarde, dejó de respirar. Observé cómo su rostro dejaba los rasgos de Katty, que se convertían en los de un ser repugnante de color rojizo y aspecto horrendo.

Me puse en pie y miré a Amalia, que todavía sostenía el machete lleno de sangre entre las manos. Se lo quité y lo arrojé a un lado. Mi amiga parecía como ausente; intenté que volviera en sí, pero apenas reaccionaba.

Elías se levantó del suelo. Estaba magullado y parecía tener alguna costilla rota, pero aparte de eso no estaba gravemente herido; por desgracia, mis oficiales no habían corrido igual suerte. Ahora yo era el único oficial de todo el ejército.

Una alarma sonó en el edificio, y cuando nos asomamos a la ventana, el sol comenzaba a salir en el horizonte. Los gruñidores se acercaban de nuevo, y esta vez no teníamos nada con lo que detenerlos.

—¿Qué haremos? —preguntó Elías.

No sabía qué responderle, estaba totalmente desorientado. Cada vez que intentaba engañar al diablo, él con su astucia era el que conseguía engañarme a mí. Tenía que pensar algo y rápido, pues los gruñidores parecían correr hacia su premio y nadie podría arrebatárselo esta vez.

CAPÍTULO LXIV

HUIDA A LA DESESPERADA

NO PODÍAMOS HACER FRENTE A los gruñidores, pero una huida desorganizada podía ser igual de peligrosa. Llamé a los suboficiales y les transmití mis órdenes. El plan era que un reducido grupo de cien soldados se quedara conmigo, para facilitar la evacuación del resto. En el último momento, huiríamos en algunos vehículos e intentaríamos llegar al puente antes de que los gruñidores lo bloquearan.

La evacuación se realizó con bastante rapidez. Abandonamos todas las líneas defensivas y nos concentramos en el edificio del Capitolio y la vía de escape. El camino más corto y rápido era la Avenida de Maryland. Si lográbamos dejar una ventaja de una hora a nuestra retaguardia, los gruñidores no podrían darles alcance antes de llegar al Pentágono.

El primer envite fue terrible. En este caso ya no se trataba de mercenarios humanos o lobos; los gruñidores atacaron directamente, y me sorprendió verlos tan decididos a destruirnos por completo.

Mientras los monstruos subían las escalinatas, nosotros disparábamos sin cesar, alfombrando el suelo con sus cuerpos; pero su avance no se detenía. Sufrimos cinco oleadas seguidas y la marea ya era casi imparable.

—Tenemos que llegar hasta los vehículos —dije a mis hombres mientras dejábamos las ventanas y corríamos a la planta principal.

Cuando llegamos a la planta baja, los primeros gruñidores entraban por el ala este del Capitolio. Eliminamos a unos pocos y comenzamos a correr lo más rápido que nos daban las piernas. En el exterior había un buen número de monstruos, logramos esquivarlos y no paramos hasta los vehículos. Un minuto más tarde, los gruñidores comenzaron a rodearnos. Pusimos los motores en marcha y salimos lo más rápido que pudimos. Logramos abrirnos paso por los jardines y tomamos la Avenida de Maryland.

Mientras bajábamos por la amplia avenida, escuchamos a nuestra espalda varias explosiones. Un grupo de gruñidores nos seguían en jeeps y camiones. No habíamos contado con eso.

El camión se puso a nuestro lado, y nuestro vehículo era el que cerraba la formación. Yo estaba al volante y Elías estaba a mi lado. El camión nos embistió y estuvo a punto de estrellarnos contra los árboles de la acera. Logré recuperar el control, y Elías disparó a las ruedas de nuestro perseguidor. Este derrapó y dio una vuelta de campana.

Apreté el acelerador. El río no podía estar muy lejos, y dentro del Pentágono estaríamos seguros. Un jeep de los gruñidores logró adelantarnos y separarnos del resto del grupo. Le embestí varias veces, pero no logré quitármelo de encima.

—Tenemos que adelantarle —dijo Elías.

Tomamos la calle 7 a toda velocidad. Casi volcamos al girar, pero el auto logró hacer la maniobra y despistar a nuestros perseguidores. Cuando alcanzamos el puente, no sabíamos que íbamos a encontrarnos con una sorpresa muy desagradable.

Varios de nuestros transportes estaban detenidos. En el puente, un grupo de gruñidores nos cerraba el paso. Teníamos que hacer algo, y pronto. Cuando el resto de los gruñidores llegara, nos encontraríamos entre dos fuegos.

Miré la barrera, y sin pensarlo dos veces apreté el acelerador y me lancé contra ella. Agachamos la cabeza y escuchamos el silbido de los proyectiles sobre nosotros. Logramos abrir una brecha, pero el jeep se estrelló contra la barrera del puente y nos quedamos colgados en el vacío. El más leve movimiento nos lanzaría a las frías aguas del Potomac desde una gran altura. Elías me miró angustiado cuando el vehículo se inclinó de nuevo hacia delante.

Capítulo LXV

SALTO AL VACÍO

EL AUTO SE BAMBOLEABA Y no sabíamos qué hacer. El resto de nuestros vehículos pasó de largo, pero nosotros pendíamos de un hilo.

—Pasa atrás —dije a Elías—, tenemos que estabilizar el jeep.

—Pero si me muevo, nos iremos al vacío —contestó.

—Haz lo que te digo. No hay mucho tiempo. Ustedes vayan hacia el maletero —ordené a los otros cinco ocupantes.

El jeep se balanceó hacia delante, pero cuando todos fueron a la parte trasera del vehículo, el morro ascendió ligeramente. Yo me pasé a la parte trasera e intenté conservar la calma.

—Tenemos que saltar todos a la vez; si no lo hacemos, el auto nos arrastrará hacia el fondo —les comenté.

—Bien —dijo Elías.

—Después, corran lo más rápido que puedan hacia el otro lado —les dije. —Preparados... ¡ahora!

Saltamos a la vez. El vehículo se inclinó hacia delante y se me enganchó en el pantalón. Vi cómo mis hombres caían en el asfalto, al lado del auto, pero a mí me arrastró hasta el vacío. Elías se lanzó a darme la mano, pero lo único que consiguió fue caer conmigo al río. Tardamos casi medio minuto en contactar con el agua helada del Potomac. Después, el auto me hundió a gran velocidad; intenté desatarme, pero no pude. El jeep me llevaba hacia el fondo cenagoso del río. Intenté romper el pantalón, mover el hierro que me tenía atrapado, pero todo intento fue inútil. Noté que me faltaba el aire, y mis pulmones parecían estar a punto de estallar. El corazón me latía a toda velocidad. Miré entre las aguas turbias, pero lo único que vi fueron las sombras de las columnas del puente. Entonces dejé de luchar, y simplemente me quedé quieto, esperando encontrarme con todos los míos. Al final había regresado a casa antes de tiempo. Una luz fuerte me deslumbró e intenté ir hacia el resplandor. Sentía una gran paz, como si la angustia y el temor de las últimas semanas hubieran desaparecido por completo. Pensé que eso debería de ser la muerte, el viaje más corto y agradable hacia casa. Después cerré los ojos y respiré hondo.

CAPÍTULO LXVI

NO ES LA HORA

LA LUZ SE FUE APAGANDO poco a poco. Yo intenté nadar hacia ella, pero algo me lo impedía; cuanto más luchaba, la luz parecía desaparecer más deprisa. Entonces noté que algo me agarraba por la espalda. Comenzamos a subir y subir, hasta que salimos a la superficie. En ese momento no entendía qué pasaba, pues lo único que quería era ir hacia esa luz, descansar y dejarme llevar. Entonces escuché una voz en mi cabeza que decía: No es la hora.

En muchos de los sermones de mi padre había escuchado que cada uno tenía su hora, que Dios sabía cuál era el tiempo de cada uno y Él decidía acortar o prolongar nuestra vida. En ese sentido nuestra vida no es nuestra, aunque parezca una contradicción, por eso Dios prohíbe quitar la vida a otro o a nosotros mismos. Por alguna misteriosa razón, aquella no sería mi forma de morir.

Mientras Elías me llevaba hasta la orilla, mi cabeza seguía en otra parte, como si todavía no hubiera desconectado del mundo de los muertos. Entonces, medio inconsciente, me atreví a preguntar: ¿Qué tengo que hacer? Escuché claramente una voz que me respondía: Simplemente cree, espera y lucha.

Elías me sacó del agua y me puso boca abajo. Tenía los pulmones encharcados y estuve echando agua un rato, después me giró y presionó mi pecho para que respirara. Noté como si una corriente eléctrica recorriera todo mi cuerpo y abrí los ojos.

Me maravilló ver de nuevo la luz del día, el color de los árboles en la orilla y la sensación de estar vivo de nuevo. Hay algo maravilloso en la vida que no terminamos de percibir en el día a día, pero que en cuanto perdemos esa libertad por algo, esa fuerza o salud nos sirve como un potenciador de sensaciones. En cierto sentido, la rutina nos roba la pasión por vivir.

—¿Estás bien? —me preguntó Elías.

—Sí, ayúdame a incorporarme —le pedí.

—Tenemos que huir. Los gruñidores están cruzando el puente —dijo Elías, mientras miraba hacia arriba.

—No podemos ir por ahí, intentemos atravesar a nado el interior del lago del Parque Lady Bird Johnson.

Nos metimos de nuevo en el agua y comencé a temblar de frío. Me sentía muy débil, y por un instante pensé que no podría atravesar a nado tanta distancia.

Elías me ayudó a llegar a la orilla. Me encontraba exhausto, pero por otro lado satisfecho de haberlo conseguido. Caminamos hasta la verja de hierro; al otro lado se encontraba el Pentágono. Uno de los edificios más seguros del mundo, aunque no era invulnerable. Los gruñidores lo habían rodeado por el norte y el oeste, ahora venían por el sur y el este. Si no atravesábamos pronto la verja, en menos de una hora sería imposible entrar.

Cruzamos la carretera y nos acercamos a la verja. Elías me ayudó a saltar, después él mismo se encaramó y se lanzó al otro lado. Un inmenso estacionamiento nos separaba del inmenso edificio.

—¿Por qué no tienen protegida esta zona? —pregunte a Elías.

—No tendrán hombres suficientes —respondió.

—Si únicamente han creado una línea de defensa y los gruñidores atacan desde todos los frentes, nada podrá resistirlos —le comenté.

Corrimos por unos jardines totalmente abandonados y llenos de los cráteres producidos por las bombas hasta la fachada principal. Entonces escuchamos una ráfaga de disparos, y nos echamos al suelo. Levantamos las manos y caminamos despacio hasta la fachada.

Tres soldados salieron del edificio y se acercaron a nosotros.

—General Teseo Hastings, no disparen —les dije.

—¿Qué hace con un mercenario? —preguntó el cabo señalando a Elías.

—Es una historia larga de explicar, por favor llévenme de inmediato junto al presidente —les pedí.

—El presidente y el estado mayor abandonaron la base ayer —dijo el oficial.

—¿Cómo? —pregunté sorprendido.

—Únicamente han dejado una cuarta parte de los efectivos. Han prometido mandarnos ayuda en cuanto puedan.

Aquella decisión, además de imprudente, me pareció algo cobarde. Un líder no puede dejar a sus hombres solos para salvar su propio pellejo. Es preferible morir luchando que rendirse.

—¿Quién está al mando? —le pregunté.

—El capitán Weiss —contestó el cabo.

—Por favor, lléveme hasta él lo antes posible —comenté nervioso.

No había tiempo. En menos de una hora recibiríamos el primer ataque. Las defensas no estaban preparadas y apenas contábamos con efectivos. Únicamente un milagro podía salvarnos de la destrucción total.

Capítulo LXVII

BATALLA CONTRA EL PRÍNCIPE

EL CAPITÁN WEISS NOS RECIBIÓ con mucha cordialidad, como si alguien le hubiera quitado un peso de encima. Me explicó brevemente la situación, que era aun peor de lo que imaginaba, y después me describió su plan.

—Ahora entiendo por qué no hay nada más que una línea de defensa —le dije.

—Nuestros hombres con dificultad apenas pueden defender todo el perímetro del edificio —dijo el capitán Weiss.

—Este edificio es enorme, uno de los más grandes del mundo. Con las fuerzas que disponemos es indefendible. Lo único que podemos hacer es centrarnos en un ala. Yo creo que es mejor que protejamos el ala este. Tendríamos una salida hacia el río, que es nuestra única esperanza si todo falla —le comenté.

El capitán estaba de acuerdo conmigo. Me había acostumbrado a luchar en situaciones desesperadas y sabía que siempre era bueno tener una vía de escape, aunque estaba convencido de que yo no huiría más; aquella era mi última batalla.

—¿Llegó mi ejército? —le pregunté.

—Primero llegaron los efectivos a pie, después algunos vehículos —comentó el capitán.

Esperaba que Amalia y sus amigas hubieran conseguido sobrevivir. Aunque a veces sobrevivir se convertía en retrasar un poco lo inevitable.

Escuchamos una fuerte explosión que sacudió el edificio. Miré a Elías y al capitán.

—Creo que ha comenzado la fiesta —bromeé mientras tomaba un arma y me dirigía a reorganizar la defensa.

Evacuamos a toda velocidad el resto del edificio. Centramos las fuerzas en la zona este y puse una línea de defensa hasta la verja. No podíamos cubrir hasta el río, pero la franja que tenía el enemigo era tan pequeña que, con un ataque sorpresa, mis hombres hubieran llegado al río sin dificultad.

Los gruñidores iniciaron su ataque de forma generalizada. Imagino que conocían nuestra situación, y emplearon toda su fuerza para derrotarnos en el primer envite. En menos de una hora, ocuparon las partes del edificio que habíamos abandonado y casi lograron pasar la verja y destruir nuestra primera línea de defensa.

Mis soldados combatieron con un valor extraordinario. Sabían que les iba en ello la vida, y su única esperanza era luchar sin tregua. A pesar de todo, tras dos horas de lucha, la primera línea de defensa había caído y apenas teníamos la mitad de efectivos. Apenas controlábamos el gran bloque en el que estaba la oficina de Defensa y la sección de jardín que la rodeaba.

El segundo envite de los gruñidores fue algo menos fuerte, pero mejor calculado. Concentraron su ataque en la parte sur, pues de alguna manera pretendían arrebatarnos la zona del jardín y que tuviéramos que replegarnos en el edificio. De inmediato acudí a la línea de combate para infundir ánimo a mis soldados.

Los gruñidores atacaban en bandadas; nunca retrocedían, y en cada nueva oleada perdíamos una décima parte de nuestros soldados.

Cuando llegó la noche, a pesar de haber resistido todos los ataques, ordené abandonar las posiciones y hacernos fuertes dentro del edificio.

Los gruñidores parecían disfrutar con destruirnos poco a poco, pues tras nuestro repliegue no nos atacaron durante varias horas.

Aproveché el momento para retirarme a una de las habitaciones y meditar un poco. Me puse de rodillas e intenté hablar con Dios.

—Tú me has traído hasta aquí. No sé por qué has guardado mi vida, pues me considero peor que todos los que han muerto. He dudado muchas veces, me he quejado de mi suerte y casi he maldecido el día que nací, pero ahora simplemente quiero darte gracias por haberme dado todos estos años de vida. También quiero agradecerte que me permitieras conocer a personas maravillosas de las que aprendí mucho, y los años que pude disfrutar de mis padres y mi hermano. Por haber conocido a Susi, pues ella fue un soplo de aliento en un mundo asfixiante. Por último, gracias por usarme a pesar de mis imperfecciones. Ahora creo que estoy preparado para

morir; creo que puedes hacer un gran milagro y cambiar la situación, pero si mis soldados y yo hemos de morir, te suplico que
sufran lo menos posible —pedí, mientas las lágrimas inundaban
mis ojos.

En aquel momento dejé las quejas a un lado, la autocompasión
y las dudas. Me encontraba solo frente a Dios y a mí mismo. Todo lo
demás dejó de tener importancia.

Me puse en pie; sentía una gran paz y seguridad. Me vino la
cabeza el pasaje de Isaías:

> No temas, porque yo te redimí; te puse nombre, mío eres
> tú. Cuando pases por las aguas, yo estaré contigo; y si por
> los ríos, no te anegarán. Cuando pases por el fuego, no te
> quemarás, ni la llama arderá en ti. Porque yo Jehová, Dios
> tuyo, el Santo de Israel, soy tu Salvador; a Egipto he dado
> por tu rescate, a Etiopía y a Seba por ti. Porque a mis ojos
> fuiste de gran estima, fuiste honorable, y yo te amé; daré,
> pues, hombres por ti, y naciones por tu vida.
>
> No temas, porque yo estoy contigo; del oriente traeré
> tu generación, y del occidente te recogeré.
>
> Diré al norte: Da acá; y al sur: No detengas; trae de
> lejos mis hijos, y mis hijas de los confines de la tierra, todos
> los llamados de mi nombre; para gloria mía los he creado,
> los formé y los hice. Sacad al pueblo ciego que tiene ojos,
> y a los sordos que tienen oídos.*

---

* Isaías 43.1–8.

CAPÍTULO LXVIII

BATALLA CONTRA EL PRÍNCIPE II

CUANDO SALÍ DE LA SALA, media docena de oficiales comenzó a hacerme preguntas desesperadas. El caos reinaba entre nuestras filas; todos veían próxima su muerte y lo único que pensaban era en salvarse.

—Tranquilos. No quiero engañarles. Esto se ha acabado, no creo que resistamos el próximo ataque. ¿Aún nos queda el control del jardín? —pregunté.

—Lo hemos desalojado, como ordenó —dijo el capitán Weiss.

—Regresaremos allí, y quiero que con toda celeridad se haga una defensa. Utilicen sacos de tierra y preparen un cuadrado perfecto. Metan en el centro a los heridos, después las armas pesadas que tengamos. Resistiremos allí hasta el final —ordené.

Algunos de los oficiales empezaron a quejarse y propusieron que algunos intentáramos huir por el río.

—Si alguien quiere huir, que lo intente ahora, yo no les detendré, pero yo me quedaré con todos los que prefieran morir que escapar —les dije a todos.

Después salí afuera, contemplé los fuegos que por el jardín y partes del edificio del Pentágono iluminaban la noche, y comencé a colocar los sacos de arena yo solo. Unos minutos después, cientos de soldados me ayudaban en la tarea. A las doce de la noche conseguimos reforzar las defensas. Creamos un foso repleto de combustible, para hacer una barrera de fuego cuando nos atacaran, y después nos pusimos a esperar.

Los gruñidores no nos atacaron hasta las cuatro de la madrugada, como si realmente disfrutaran viéndonos angustiados o pensaran que de esa manera desistiríamos. Antes de que el reloj marcara las cinco, un grupo de la guardia pretoriana se aproximó a nosotros con una bandera blanca.

—Nuestro príncipe quiere hablar con su líder —dijo uno de los mercenarios.

—Puede que sea una trampa —me susurró al oído Elías.

—No lo creo, saben que estamos perdidos. Únicamente están jugando con nosotros —le comenté. Después le dije al mercenario que se acercara su príncipe.

El diablo se presentó delante de nosotros con toda su gloria. Era la tercera vez que lo veía, pero aquella me impresionó más. Llevaba un traje de guerra, y su pechera de oro brillaba a la luz de las antorchas; se quitó el casco dorado y nos permitió ver su hermoso rostro.

—Has llegado más lejos de lo que nunca pensé, Teseo Hastings. No hice mucho caso cuando saliste de ese pueblo de mala muerte en Oregón. Creía que un don nadie como tú no tardaría en morir, pero me equivoqué, lo admito. Ahora eres el general del pequeño ejército que le queda a tu Dios. Siempre les obliga a luchar y no les da su apoyo. Si te rindes ahora, te prometo que podrás reinar a mi lado, serás mi segundo, te lo has ganado. ¿Qué te ofrece Él? ¿Morir y ver cómo tus seres queridos desaparecen? Salva tu vida y la de todos estos valientes que han luchado a tu lado —dijo el diablo en un tono teatral, mientras señalaba a mis soldados.

—Ya sabes la respuesta. Dios salva con muchos y con pocos. No necesita este ejército para doblegarte, pero nosotros lucharemos hasta la muerte. Él nos hizo libres y no seremos esclavos de nadie jamás —dije mientras notaba que mis palabras eran como dardos que dañaban a aquel monstruo de luz.

El rostro del diablo se encendió de ira, su expresión cambió, y con sus ojos de fuego gritó:

—¡Sea como quieres! Muere hoy por tu Dios, como otros muchos infelices ya lo han hecho.

Capítulo LXIX

BATALLA CONTRA EL PRÍNCIPE III

EL CIELO SE OSCURECIÓ AUN más, y comenzó a caer una lluvia fina pero persistente. Al principio la acogimos bien, pues nos refrescó un poco y parecía que nos despejaba la mente del agotamiento y la tensión, pero poco a poco, el cieno empezó a invadirlo todo.

Los gruñidores comenzaron a avanzar lentamente, golpeando con sus pies el suelo, en su danza de ataque macabra. Veíamos sus rostros desfigurados entre la fina cortina de agua. El efecto de sus golpes aceleraba los corazones de todos mis soldados. El temor es siempre el primer factor psicológico para vencer en una batalla, y por eso grité para romper su hechizo sobre nosotros.

—¡No luchamos con espadas o ejércitos, vamos contra ustedes en el nombre del Dios vivo!

Los gruñidores se lanzaron con toda su fuerza, pero justo antes de que atravesaran las zanjas en las que se mezclaba el combustible y el agua de la lluvia, lanzamos varias antorchas, aunque no logramos que ardiera el gasóleo.

—No puede ser —dije mientras saltaba los sacos y me aproximaba a la primera zanja. Acerqué la antorcha que llevaba en la mano y esperé un momento hasta que el combustible prendió y se extendió por todas partes.

Un gruñidor se lanzó a mi cuello y me derrumbó; sacó un cuchillo y lo levantó antes de asestarme una puñalada, pero logré aferrar su mano. Tenía una fuerza descomunal. Su cara reflejaba el odio y la rabia de todos aquellos esclavos del mal.

—Muere —dijo, mientras su puñal descendía hacia mi cuello.

Sentí un disparo, y al instante el gruñidor cayó sobre mí. Miré atrás y vi a Elías que con una sonrisa corría hacia mí. Me levantó del suelo, abatió a varios gruñidores y me ayudó a llegar hasta nuestra posición de defensa.

La lucha fue encarnizada. A pesar del fuego que nos rodeaba, algunos gruñidores atravesaban las líneas y llegaban hasta los sacos de arena. Luchamos hasta que las municiones comenzaron a agotarse; después tuvimos que enfrentarnos a ellos cuerpo a cuerpo.

Miré a mi alrededor: las líneas se desmoronaban. Estábamos perdidos. Miré al horizonte; el sol comenzaba a salir por el este, al otro lado del río. La luz crecía lentamente, a la misma velocidad que se escapaban nuestras esperanzas.

Retrocedimos e hicimos una barrera con nuestros cuerpos para proteger a los heridos. Luchábamos hombro con hombro, sin aliento, con los brazos agotados por las cuchilladas, mandobles y golpes.

La luz creció en el horizonte de una manera extraña. Entonces comprendí que no era el sol. Lo que iluminaba el cielo era una especie de camino entre las nubes.

A la luz le siguió el estruendo. Los gruñidores y nosotros nos quedamos paralizados, mientras observábamos a figuras aladas que descendían con espadas encendidas y destruían al ejército enemigo.

Los gruñidores arrojaron sus armas y comenzaron a correr. Yo me puse al mando de mis hombres y corrimos tras ellos. Cuando llegamos junto al puente, observamos el espectáculo más asombroso que habíamos visto en toda nuestra vida.

Ángeles y lo que parecían humanos con un cuerpo brillante luchaban contra demonios y gruñidores, mientras rodeaban al diablo y a su guardia personal.

Corrimos para ayudarles, pero cuando estábamos próximos el diablo dio un salto, escapó del círculo de ángeles y cayó delante de mí. Parecía un gigante; lo miré e intenté dañarlo con mi cuchillo, pero me esquivó con facilidad.

Me golpeó con su gigantesca mano y caí al suelo, y cuando varios de mis hombres intentaron ayudarme, simplemente los lanzó hacia el río.

—Te dije que hoy morirías —gruñó el diablo mientras me agarraba por la chaqueta y me zarandeaba en el aire.

Le miré medio aturdido por el golpe. Ya no tenía forma de ángel de luz; su rostro era de fuego y sus rasgos monstruosos me recordaban a los de los gruñidores. Gusanos se movían por sus mejillas huecas y su cara cadavérica.

Un gran terremoto sacudió el suelo y el diablo se zarandeó, pero sin llegar a caerse. Todos mis hombres y los gruñidores se desplomaron. Una gran nube de vapor cubrió la tierra y, de entre la nube, apareció un gran guerrero. Su armadura era resplandeciente y su casco estaba adornado con gemas de varios colores. Llevaba una espada de luz en una mano y un escudo en la otra.

—¡Deja a mi siervo! —dijo el guerrero, y su voz tronó por toda la tierra.

El diablo me soltó bruscamente y me golpeé con el suelo fangoso. Me limpié la cara y vi cómo los dos guerreros luchaban.

El guerrero de la luz golpeó con su espada al diablo y lo hirió, pero este se revolvió e intentó darle un fuerte golpe, que terminó en el escudo. Entonces, el guerrero de la luz hincó su espada en el pecho del diablo y se escuchó un alarido. El diablo cayó de rodillas, herido y suplicante.

—No me mates —dijo.

El guerrero de la luz sacó la espada y dos ángeles corrieron hasta él, cargaron de cadenas al diablo y se lo llevaron. Después se acercó hasta mí y extendió su mano.

—¿Estás bien? —preguntó. Me puse en pie, y al tocarme recuperé todas mis fuerzas, las heridas se cerraron y me noté rejuvenecer.

—Gracias —dije titubeante.

—Has vencido, Dios te tiene preparada la corona de la vida. Sígueme.

El guerrero de la luz me llevó hasta el camino entre las nubes y me agarró de la mano. Tenía la sensación de caminar sobre una pista de hielo, pero con su mano firme me sujetó mientras volábamos entre las nubes.

EPÍLOGO

DESDE EL CIELO VIMOS UNA ciudad gigantesca que descendía hacia la tierra. Los edificios eran de cristal y brillaba a plena luz del sol. Después, la ciudad comenzó a asentarse en medio de un desierto árido y seco. En cuanto tomó tierra, una alfombra de plantas verdes ocupó la tierra seca y el agua comenzó a fluir de todas partes. Crecieron inmensos árboles con flores, después todo tipo de animales, algunos conocidos y otros desaparecidos hacía mucho tiempo.

El guerrero de la luz me dejó en el centro de la plaza de aquella hermosa ciudad. A mi alrededor había miles, millones de personas vestidas de blanco. Tuve temor, y me sentía sucio en mitad de aquella multitud. Me abrieron un pasillo y caminé en silencio hasta una larga escalinata. Arriba del todo había un trono brillante, pero el trono estaba vacío.

Subí las escaleras y la multitud empezó a gritar:

—¿Quién se sentará en el trono?

Parecían angustiados, pero esperanzados al mismo tiempo. Me detuve delante del trono y caí de rodillas. Cuando levanté la vista, vi al guerrero de la luz sentado.

—Levántate —me dijo.

En ese momento estallé en lágrimas, pero no de tristeza, más bien de alegría y felicidad.

—Buen siervo y fiel, eres revestido con ropas nuevas.

Mi ropa se transformó en bellas telas de color blanco. Después escuché de nuevo la voz del guerrero.

—Has luchado por mí en la tierra a pesar de que no había esperanza, pero nunca has estado solo. Es el momento de que recuperes tu vida.

Me di la vuelta y los vi acercarse. Mi padre y mi madre iban junto a mi hermano, me sonrieron y se fundieron conmigo en un abrazo. Después llegaron Susi, Katty y Mary. Nunca he sentido tanta felicidad. Cuando se separaron de mí, observé que tímidamente se aproximaba un viejo amigo: Patas Largas. Tenía la ropa medio torcida y una expresión de timidez.

—¡Amigo! —dije mientras corría hasta él.

—Has tardado mucho —me dijo con su media sonrisa.

Nos reímos mientras miraba a la multitud. Millones de personas que habían desaparecido o muerto desde la Gran Peste estaban allí y habían vuelto para gobernar de nuevo el mundo. La gran multitud se inclinó y adoró al guerrero de la luz. El guerrero se quitó su casco. Llevaba el cabello largo y una barba corta de color castaño; aunque en su frente todavía podía verse la marca que deja una corona de espinas, su rostro resplandecía. Sonrió a la multitud y un viejo canto comenzó a escucharse; millones de voces se unieron en un inmenso coro celestial. Por fin, estaba de nuevo en casa, pensé mientras de mi garganta salían los primeros acordes de aquella vieja y hermosa canción.

AGRADECIMIENTOS

A GRUPO NELSON Y TODOS los grandes amigos que trabajan por los libros.

A Pedro, que leyó estos libros y le fascinaron.

Busca la serie de **Apocalipsis**

"Las siete copas"

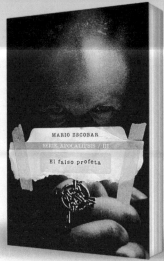

"El falso profeta"

"Abadón"

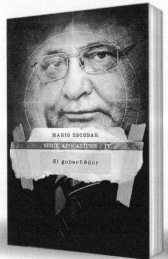

"El gobernador"